KB210071

오늘부터 일일

오늘부터 일일

김복희의 12월

차례

작가의 말

요령 없는 사람들에게

사람이 되면 좋겠다, 나는 사람이면서도 자꾸 그렇게 빌었다. 되어가는 중이기를, 아직 가능성이 있기를, 그런 생각 때문에.

무엇이 옳고 좋게 살아가는 것인지 스스로 세운 바는 있다. 하지만, 내가 세운 바가 내 사랑하는 사람들을 슬프게 한다면……? 사실 나는 내 이상을 포기할 의지가 조금도 없다. 그러나 내가 사랑하는 사람들에게 내 이상을 강요할 권리도 없다. 어느 하나를 버리고 얻을 수 있는 문제도 아니다. 이상과 삶이 별개의 것이 아니며, 삶은 곁과 곁 아닌 이들과 더불어 있기에. 그래서 조금씩 미세 조정을 하면서 사람 되어 살아가는 법을 고민한다. 이 책에 실린 글들은 거의 대부분 사람 되기 어렵네요 그치만 해봅니다……의 기록이다. 12월일수록 특히 이 투비사람프로젝트(왜 사람만 영어가 아니냐, 그것은 묻지 마시길)의 기록들이 어울리는 듯도 하다.

나는 12월에 이미 다음해 다이어리를 시작하는 사람이다. 그렇다고 12월을 싫어하는 건 아니다. 12월은 한 해의 모든 것을 받아안은 채 다음해를 준비하는 신기한 달이니까. 12월을 만끽하면서 온갖 후회들 계획들을 만져본다. 요정들이 홍성거리는 듯 괜히 싱숭생숭한 마음과 12월의 실감을

내가 사랑하고, 내가 아끼는, 사람이 되느라 용을 쓰는 요령 없는 사람들에게 바친다.

12

월

1

일

시

소리 내어 읽어주세요.

요정을 가르치기

누구도와 아무도를 배우는 요정

요정이 처음 시를 배우겠다고
인간이 쓰는 시를 배우겠다고

나를 찾아왔을 때

나는 '나'를 쓰는 법부터 가르쳤다
요정은
'나'를
멀리 돌아가는 시를 쓴다

누구도와 아무도를 알려준 날

요정은

시에 외롭다는 말을 없애는 법을 알려달라고 했다

내가 너무 아름다운 낭독을 듣고 있는 걸까

요정의 숨소리에

한 번도 손대지 않고

요정의 시에

손대지 않고

요정이 앉을 자리를 정돈해두면서

12
월
2
일

에세이

시작하는 연인들을 위하여

사랑에 빠지면 누구나 시인이 된다는 말이 있지요. 저는 이 말을 믿어요. 네. 저는 시인입니다. 농담이 아니고요. 이 말은 제가 사랑에 빠졌다는 뜻이 되기도 하고, 문자 그대로 시집을 출간하고 시를 써서 원고료를 받는 시인이라는 뜻이기도 합니다. 결론적으로 말하자면, 저는 항상 사랑에 빠진 상태를 유지해야 할 의무가 있는 사람이랍니다. 이건 허풍이 아니고 직업윤리의 문제예요. 아, 하지만 제가 말하는 사랑은 오래 참고 온유하고 시기하지 않고 질투하지 않는…… 그런 넉넉한 사랑을 뜻하지는 않아요. 만물을 아끼고 사랑하는 그런 종교적 사랑이 아닌 거죠.

시인으로서 제가 읽고 쓰는 사랑이란 인간적인, 너무도 인간적인 사랑이에요. 서로 한없이 독점적이며 다소 편파

적인 사랑. 도대체 사랑이 밥 먹여주느냐 할 때의 그 사랑, 황금을 내주지도 않고 산을 옮기지도 않는 사랑. 황금처럼 애지중지 전전긍긍하면서 누가 탐낼까봐 지레 걱정하고(보통은 아무도 탐내지 않지만요), 도처의 능선만 봐도 눈이 닮았네 코가 닮았네 옆에서 보면 다소 심하게 주책을 떠는 그런 사랑(닮았을 리가 없지만요) 말이지요.

인류를 사랑하는 게 아니라 오직 너, 닮은 사람 아닌 너 하나만을 향하는 그런 사랑. '만약 내가 너를 사랑하는 것에서 멈추지 않고 만물을 사랑하게 된다면, 네 눈이 닿는 이 세상의 전부가 사랑스럽기에 세상을 사랑하는 바보가 기꺼이 되어버렸단 뜻이야(구구절절……)' 하고 마음속으로 외치고 또 외칠 수밖에 없는 그런 사랑 말이에요. 그리고 아시나요? 바보가 되면 세상이 아름답거든요. 정말로. 정말로요. 그리고 아시나요. 바보가 되면 세상에게 비웃음을 사기도 쉽거든요. 하하. 비웃으라지요! 사랑에 빠지면 세간의 시선이 두렵지 않아요. 두려운 것은 사랑이 끝나는 일뿐이죠.

그리하여 저는 이 글을 읽는 당신께 우리들이 멋진 바보라고 말하고 싶어요. 이제 막 시작하는 연인 중 하나인 당신께, 혹은 언젠가 사랑을 시작해봤던 당신께, 그러니까 시인인 당신들에게, 우리 바보잖아요, 하고요. 작은 권유도 하나 하고 싶고요.

시인의 사랑이란, 막 시작하는 연인이 하는 것과 유사한 사랑이라고 생각해요. 다른 시인들은 어떤지 모르겠는데 저는 그래요. 항상 잘 보이고 싶어서 조금 무리하고, 내가 무리하고 있다는 것을 알아주면 좋겠지만 너무 그걸로 날 놀리지 않아주었으면 좋겠고, 상대방이 내 앞에서 조금 무리하고 있다는 걸 알아차렸을 때 귀여워 보이고 더 잘해주고 싶어지는 그런 마음으로 나날을 보냅니다.

이를테면 저는 언제나 '오늘부터 일일'인 그런 사랑 상태에 저를 두는 것이 목표에요. 시를 쓴다는 건 그런 상태와 좀 비슷하거든요. 상대방이 저를 좋아할까 좋아하지 않을까에 대한 고민이 비로소 해소된 상태를 바라는 것은 아니에요. (이것은 헤어질 때까지 계속되는 문제라고 생각해요. 감정의 온도나 속도가 일치하지 않잖아요. 결국 상대방에게 우리의 피부를 모두 열고 있으면 있을수록 늘 새롭게 상처받거나 감동하게 되는 그런 문제니까요.)

시인으로서 저는 시작하는 연인들이 하는 사랑과 유사하게, 매일매일 사랑하는 일의 새로움에 놀라워하며 살아가려고 해요. 사랑이 쉽냐고요? 사랑이 만만하냐고요? 그럴 리가 있겠습니까. 세상 그 어떤 바보에게도 사랑이 만만하진 않다고요. 하지만 제 경우에는, 사랑에 빠지기란 쉽네요. 왜 '빠진다'고 하겠어요. 불가항력이란 뜻 아니겠어요. 저항하지 못하고 빠지는 게 사랑이죠.

사랑에 빠진 사람의 특징을 한번 나열해볼까요. 시인들이 하는 짓과 정말로 유사해요. 첫째, 항상 기다립니다. 사랑에 빠진 사람을 더욱 더 사랑에 빠져들게 하는 방법은 기다리게 하는 거죠. 그런데 사실 누가 누구를 기다리게 한다고 할 수 있나요. 1분 1초도 언제나 아쉽고 기다려지는데요. 다 아시잖아요? 시가 되는 순간을 기다리는 시인들 좀 보세요. 마음부터 먼저 마중 나가 기다립니다. 둘째, 비상식적인 행동을 하죠. 한밤중에 갑자기 벅찬 마음을 주체 못해서, 그 사람이 사는 집도 모르면서, 괜히 그 사람이 사는 동네 편의점에 가서 음료수를 사 오는 등등 본인이 떠올릴 수 있는 가장 비상식적인 행동을 하게 돼요. 시인들은 비상식적인 일 많이 하니까 일일이 적지 않을게요. 셋째, 무엇을 봐도 상대방이 떠오릅니다. 저는 사랑을 시작한 사람들과 시인들이 시를 쓸 때 작동하는 인지 방식이 정말 비슷하다고 생각해요. 독창적 은유라고 할 수 있겠죠. 과자 봉지를 봐도 네가 떠오르고 맨홀 뚜껑을 봐도 네가 떠오르는 것과 같죠. 닮은 점이 정말 하나도 없는데 어떻게든 닮은 점을 찾아낸다고요. 넷째, 상대방으로 인한 긴장감과 설렘이 구별되지 않아요. 상시 도파민이 널뛰고 있는 상태라고 생각하면 됩니다. 그리고 이게 관계를 정립하는 초반에 늘 발생하는 문제인데도 언제나 당황하고 새롭게 고통스러워하죠. 이 괴로움을 조금 즐기기도 하고요.

그리고 가장 비슷하다고 생각하는 특징은 이거에요. 자신의 사랑에 대해서 만나는 누구에게든 이야기하고 싶어진다는 것. 그 어떤 대화를 해도 주제가 자꾸 내 사랑으로 향해요. 만약 대화가 여의치 않은 상황이라면 머릿속이 온통 그 사람으로 가득차 있으므로 휘청거리는 느낌을 줘요. 붕 떠 있는 느낌 그거요.

사랑의 시작은 역시 좋은 거 맞네요. 시인이 되게 해주잖아요. 바보가 되게 해주고요. 세상을 아름답게 볼 수 있게 해주고요. 세상의 모든 말, 밋밋하기 그지없던 말에 전부 생기가 돌 거예요. 그리고 그 생기가 당신과 당신의 연인을 향해 돌진한다고 생각해보세요. 멀미는 좀 나겠지만, 마음껏 휘둘리시길. 혹 시작이 주는 신선함이 좀 짧게 느껴지신다면 시를 써보시는 건 어떨지 싶어요. 사랑을 시작하면 누구나 시인이 된다지만 진짜로 시를 쓰는 일은 또 드물잖아요. 제가 시인으로서 보증할게요. 사랑을 시작했는데 시도 쓰기 시작한다? 와 당신 정말, 사랑을 하는군요. 당신, 언젠가 처음 사랑했던 그 사람의 첫 얼굴과 손바닥의 온도를 잊어도 당신에게 시는 남아요. 약속해요.

12월 3일

언젠가는 아무도 추지 않는다고 해도

누군가 걸어가는 사람을 붙잡고 묻는다. “홍대 어떻게 가요?” 붙잡힌 사람은 이어폰 한쪽을 뺀 다음 “아 뉴진스의 하입보이요!” 하면서 춤을 추며 멀어져간다. 뉴진스의 데뷔 이후 유행한 이 쇼츠가 너무 재미있었다. 춤을 추며 멀리 작아지는 사람의 모양이 무척 마음에 들었다. 동문서답 같기도 하고 우문현답 같기도 했고. 그래서 뉴진스의 〈Hype Boy〉 후렴구 안무를 배우러 홍대 원데이 클래스에 갔다. 선생님은 두 시간 동안 원곡보다 1.5배 느린 속도로 내가 후렴구에 맞춰 춤을 출 수 있게 가르쳐주셨다.

모두가 뉴진스의 속도로 홍대에 갈 수는 없는 것이었다. 김복희는 김복희의 속도로, 후렴구로만, 홍대가 아니라도 좋은, 내 갈 길을 간다. 뭐라 설명할 수 없는 애벌레의 탈출처럼 난국의 '하입보이'였다. 그러면 어떠냐. 애벌레 스타일이긴 해도 뉴진스의 하입보이 후렴은 완성되었다. 이후로 신이 난 나는 급기야 길에서건 서점에서건 친구들만 만났다 하면 한쪽 팔을 들고 붕붕 휘두르며 멀리 이동하는 춤 혹은 탈출하는 애벌레의 움직임을 선보였다……

춤에서 중요한 건 뭘까? 리듬? 멋진 표정? 팔다리를 잘 움직이기? 내 생각엔 일단 끝까지 추는 것이다. 왼발이 가면 왼발에 중심을 싣고 가는 것. 오른손을 올리면 내 오른손을 위해 두 발을 이어주는 것. 시도 그렇지 않나. 끝까지 쓰는 것이 중요하다. 손과 발의 움직임을 알아보는 것처럼 언어를 알아보기. 내 언어를 믿고 가기. 나의 속도로 가기. '우리 지난날들은 눈 뜨면 잊는 꿈' 아니었나. 그렇다고 꿈 안 꿀 거냐고. 다들 춤을 추며 갈 길을 가면 재미있겠다.

지금은 또다른 춤이 유행이다. 하지만, 나는 나의 춤을 춘다. 국민체조에서 새천년건강체조로 그리고 1.5배속 하입보이의 흐름으로……

12

월

4

일

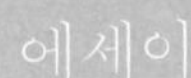

순도 높은 식욕

가짜 식욕? 농담 같다.

웃기지 마라. 가짜 식욕과 진짜 식욕이란 게 있다고들 하는데, 애초에 식욕이란 것이 뭔데. 순전한 먹고 싶음을 이야기하는 것 아닌가. 악법도 법이고 가짜 식욕도 식욕이다. 나는 가짜 식욕으로 보이는 식욕이야말로 순도 높은 식욕이라고 주장하고 싶다. 소위 진짜 식욕이라고 하는 것(에너지 결핍에 따른 것)은, 식욕이라기보다는 생존욕과 유사해서 도리어 순도가 좀 낮은 식욕이라고 느껴진다. 반면 생존에 당장 필요하지 않은데 먹고 싶다니, 굉장히 기이한 욕망(욕구와 욕망을 나는 의도적으로 뒤섞고 있다……) 아닌지. 순도 높은 식욕은 탐식에의 욕망은 아니고(많이 먹고 싶은 건 아니다) 특정한 어떤 것, 혹은 환상적 한입을 꼭 맛보고 싶은 그런 거라고 말하고 싶은데, 쓰다보니 이건 그냥 미식욕인가? 싶어진다. 여하간 요새 바깥에서 덜덜 떨고 나면, 날씨와 기분에 꼭 맞는 게 먹고 싶다는 말.

어쩐지 순도 높은 식욕이 진짜 식욕이니 어쩌니 써놔서 이게 좋은 식욕처럼 보일 수도 있겠다. 하지만 순도 높은 것이 꼭 좋은 것인가 하면 그렇지 않다는 것 다 잘 알지 않나. 독한 원료는 잘 정제하고 다른 것과 섞어 이용해야 별 탈이 없다. 순도 높은 식욕도 잘 희석시키지 않으면 여러모로 위험해지겠지. 하지만, 하지만. 언제나 조금 위험한 쪽으로 이끌리는 게……

—결국 이날 내가 먹은 것은 컵라면이었다. 순도 높은 식욕은 점점 더 심해져만 가고. 순도 높은 갈망을 잘 키우는 방법은 갈망을 충족시킬 듯 한껏 고양시켜뒀다가 이렇듯 끝내 충족시키지 않는 데 있는 법이다.

12

월

5

일

시

소리 내어 읽어주세요.

잠자코 요정

들리지 않았다

요정의 말 울음소리에 뒤섞여

하나도 들리지 않았다

등이며 뒷머리를 쓰다듬고 있는데도

요정은 조금 인간보다 온도가 높구나,

요정에게서 좋은 냄새가 난다는 것은 거짓말인가,

요정은 요정 냄새는

어렵구나,

나는 작은 메모지에

필요한 거 있으면 연락해

라고 남겨 냉장고에 붙인 후

출근하고 데이트하고 쇼핑했다
영화까지 한 편 보면서
인간들 입김 사이 머물렀다

요정에게서 연락 없었다
요정이 밥은 먹었을까 아직도 잘까
먹기 쉬운 귤이라도 사 갈까

잠자코

요정 대신 살아가기도
요정을 죽여주기도……
어렵구나,

요정에게 나
나갔다 올게 기다리지 마
필요한 거 있으면 연락해

라고 남긴

마음 비운 자리에 잠자코

요정이 머문다

12
월
6
일

에세이

새 인간의 오후

첫 시집의 「새 인간」이라는 시가 찾아온 계기는 아주 사소했다. 예전 산책 장면이 문득 떠올랐던 것이다. 돈도 요령도 없이 그저 그에 대한 좋아함만 가득했던. 그와 나는 무모하게도 바로 요즘 같은(보다 더) 겨울 아주 추운 날 동묘 앞에서 동대문까지 걸었다. 정말 추워서 머리부터 발끝까지 꽁꽁 얼어붙었지만 따뜻한 테이크아웃 커피 한잔 사 마실 여유가 없었다. 여하간 거의 두 시간을 바깥의 온갖 것들을 기웃대며 이동하던 와중에 우리는 펫 숍(이 표현을 다른 표현으로 고칠까 오래 고민했는데 고치지 않기로 했다. 애완동물이라는 말을 사용하던 시대였다)을 발견했다. 총천연색의 물고기와 새들이 눈이 아플 정도로 빽빽하게 전시되어 있던 가게였다. 바깥은 입김에 속눈썹이 얼어붙도록 추운데, 수족관과 케이지가 가득한 안은 무척 더워 보였다. 그들

모두 아름다웠다. 혹한의 추위에 노출된다면 순식간에 목숨을 잃을 것처럼 연약해 보였지만. 우리는 바깥에서 그들을 한참 구경했다. 가게 주인은 우리가 당연히 동물들을 구입할 만한 손님은 아니라고 생각해서 그랬는지 우리를 내버려두었다. 그리고 그날은 잊힌 채 내 안에 남아 있다가, 어느 날 문득 「새 인간」의 첫 줄 "새 인간을 하나 사 왔다"를 쓰게 했다.

지금은 비건 지향으로 살고 있지만 「새 인간」을 쓰기 이전의 나는 아니었고, 새나 물고기, 더 나아가 개나 고양이 등 살아 있는 동물을 매매하는 일에 거부감을 갖고 있지도 않았다. 동물원 가는 것도 무척이나 좋아하던 사람이었다. 하지만 그 가게를 목격했을 때 나는 매혹과 동시에 거부감을 느꼈고, 동물을 향해서, 동물을 기르는 방식에 대해서, 그런 양가적 감정은 처음 느꼈던지라 혼란스러웠다. 인간과 동물이 함께 있지만, 잘못된 방식으로 함께 있는 세계 전면에 내가 무방비하게 노출된 느낌이었다. 직설적으로 말하면, 나는 그 풍경에 매혹되었지만 그 풍경에 깊이 상처받았다.

당시 나는 두꺼운 점퍼에 장갑을 끼고 모자까지 쓰고 있었는데 그 동물들은 피부가 그대로 노출된 채로 조명 아래 자신을 드러내고 있었다. 새들의 화려한 깃털과 열대어, 이구아나 등의 화려한 비늘은 회색조의 겨울 하늘과 어울리지 않았다. 그 부조화 때문에 도리어 눈을 떼기가 어려웠다. 아주 좁은 우리와 수족관에 촘촘히 갇혀 있던 동물들의 느릿한 움직임은 그들이 부자유하다는 것, 그들이 거기 있어서는 안 될 존재라는 것, 나 역시 이런 방식의 감금 세계를 유지하는 데 일조하고 있다는 사실을 내게 이해시켰다.

그 환상적인 광경은 저 동물들이 원해서 우리에게 보여주고 있는 것이 아니었다. 그렇다면 내가 만나는 많은 존재들, 내가 그 존재들을 정말 보고 있다고 말할 수 있을까. 철창 속 아름다운 생명들과 길에서 만나는 생명들과 그리고 내 옆을 지나간 그 생명들 말이다.

이런 상태를 그대로 보여주는 시를 써보고 싶었던 것 같다. 어떤 존재가 우리의 눈앞에 있는데도 존재를 부정당하는 것. 어떤 존재의 가장 자연스러운 상태를 우리가 보지 못하는 것에 대해서.

나는 시선에 노출되면서 존재를 부정당하는 일이, 동물들에게만, 새 인간에게만 일어난다고 생각하지 않는다. 우리의 시선은 결국 소급되어 우리 자신을 겨냥하리라. 「새 인간」에 등장하는 화자는 굉장히 새 인간을 사랑하는 인간이다. 자신과 다른 존재를 기꺼이 사랑하기 위해 그는 인간으로서, 자신이 알고 있는 인간의 한계 내에서 굉장히 노력한다. 그 인간은 주변에서 흔히 볼 수 있는 보통 사람에 가깝다. 그러나 새 인간에 대한 그 사랑이 과연 완전히 아름답기만 한가…… 하면 글쎄. 그 시 안에서 새 인간의 입장은 한마디도 나오지 않기 때문에 온전히 알 수 없는 노릇이다. 시에서 등장하는 모든 말은 새 인간을 사랑하는 인간을 거쳐서 나온다. 거개 인간은 타 존재의 말을 이해하기보다, 우리가 아는 방식으로 타 존재를 이해하려고 하지 않나. 우리가 사랑하는 방식으로 사랑을 하고, 우리가 상처받는 방식으로 상처받는다. 인간은 타 존재의 사랑과 상처가 애초에 인간과 다를 수 있다는 상상을 잘 하지 못하는 것 같다. 그러니까 저 아름다운 동물들을 아낀다는 이유로, 제 보금자

리로부터 납치해 와서 번식시키고 가두고 사고파는 것이겠지. 돈이나 허영심 등 온갖 것들이 뒤섞여 있어 그들을 매매하는 것이면서 애호나 사랑의 형식으로 자신의 행동을 포장한다. 그러니까 인간이 한다는 '사랑'이 타 존재의 자유를 제한할 정도로 대단한 것은 아닌 것 같다. 나는 그 시 「새 인간」을 쓰고 나서야 이런 생각을 할 수 있었다. 그래서, 새 인간이 실존하느냐고?

새 인간이 있다. 여기. 당신의 눈앞에. 평화로운 오후, 모든 게 선명하게 보이는 햇빛 아래. 어떠한지. 새 인간이 보이시는지? 당신은 새도 알고 있고 인간도 얼추 알고 있지만, 새 인간은 잘 모를 수 있다. 그러나 당신은 새도 알고 인간도 알기에, 인간의 형상에 날개만을 단 상태를 새 인간이라고 지레짐작할 수도 있다. 그리고 단언할 수도 있다. 눈앞에 그런 형상의 새 인간이 보이지 않으니, 그런 것은 없다고. 그래서 당신 눈앞에 새 인간이 있어도 당신은 아마 새 인간을 보지 못할 것이다. 당신의 새 인간에 대한 견해와 눈앞의 대상이 일치하지 않으니까. 하지만, 새 인간은 있다. 당신의 앞에서 당신에게 부정당하며 있는 것이다. 새 인간의 오후는 당신의 오후와 다를 것이다. 시간의 체계도 존재의 용적도 다를 것이다. 새 인간의 오후에 인간은 어떻게 보일까. 당신도 이제 그런 것을 궁금해하길 바란다.

12
월
7
일

에세이

나누는 계절

옛 동화에서 계모에게 구박받던 소녀가 한겨울에 눈 덮인 산을 헤매다가 불현듯 잘 익은 딸기나 싱싱한 복숭아를 구해 오는 장면이 있다. 이 일이 얼마나 기이하고 신묘한 일인지, 그것이 얼마나 이 소녀에게 구원처럼 놀랍고 눈물이 날 만한 일인지, 이 겨울에 생각한다.

겨울에 할 말인가 싶지만 나는 계절 중에 여름을 가장 좋아한다. 여름을 좋아하는 데는 셀 수 없이 많은 이유가 있지만 그중 꼭 하나만 소개할 수 있다면, 나는 여름 과일들을 좌판 위에 벌려둘 것이다. 동네 시장이나 마트에 가서 색색의 과일이 철철이 바뀌는 것을 보는 일이 좋고, 제철이니 끝물이니 하는 말들이 붙은 과일들이 풍기는 냄새와 껍질의 윤기를 감상하는 일이 좋다. 색색의 과일들은 안 예쁜 구석이 없다. 새콤하고 달콤하다는 말로 표현하기 부족한 그 맛의 다채로움도 취향에 꼭 맞는다.

섬유질이 많아서 잘 씹어야 한다는 게 살짝 귀찮은 점일지도 모르겠다. 그러나 물도 천천히 꼭꼭 씹어서 마시면 몸에 좋다는데, 과일도 이가 성할 때 열심히 씹어두자, 소화기가 성할 때 후회 없이 먹어두자, 그런 마음으로 우물우물 맛과 향을 음미하다보면 마음도 느긋해지고, 입안 가득차는 새콤하고 달콤하고 씁쓸하기도 한 오묘한 맛을 재차 언어화할 수 있으니 오히려 많이 씹을 수 있어 좋은 점이 아닌가 싶다.

게다가 여름 과일들은 더위에 기운이 쇠해졌을 때 원기를 돋워준다. 요리하느라 불 앞에 서기는커녕 손 하나 까딱하기 싫을 때, 참외나 복숭아, 포도는 간단히 물로 씻어만 먹어도 기분 좋은 한끼가 되어주니 고맙기까지 하다.

나는 고기를 먹지 않는다. 몇 해 전부터 비건을 지향하고 있다. 그러자니 자연스럽게 시장이나 마트에 가면 채소나 과일 코너를 자주 들르게 된다. 그러다보니 내가 직접 재배하는 것도 아니면서 어떤 것이 어떤 철에 가장 맛이 좋은지, 어떤 것이 가장 실한 것인지 저절로 관심이 생겼다. 낯선 지명을 볼 때도 이 땅에는 무엇이 특산품인지, 그런 것을 찾아본다.

겨울은…… 그래, 겨울도 중요하다. 겨울에 가뭄이 들거나 장마가 지면 여름이 엉망이 된다. 겨울인 지금 이불을 동그랗게 파고들어가 앉아 가장 기다리는 것은 7월이다. 수박을 먹기 위해서. 좋아하는 사람들과 동그랗게 앉아 커다란 수박을 갈라 먹기 위해서. 수박은 혼자 먹으면 어쩐지 너무 고독한 느낌이다. 다른 과일은 무엇이든 혼자 먹어도 상관없는데, 수박만은 혼자 먹고 싶지 않다. 눈 많이 내리는 겨울을 난 땅에서 자랄 가장 무늬가 선명하고 묵직한 수박을 그려본다. 내가 이렇게 큰 수박을 사 왔다며 생색도 낼 요량이다. 한겨울에 한여름의 한때를 과일로 나눌 일, 같이 먹을 입을 떠올리는 일. 나는 이런 게 즐겁다.

12

월

8

일

에세이

너의 모든 몸짓이 큰 의미인걸

'첫눈에 반해 오래오래 사랑했습니다'라는 말 보다 '신경은 쓰였지만 사랑한다고 인정하기까지는 오래 걸렸습니다'라는 말이 저와 이 대상 간의 관계에 더 잘 어울리는 것 같습니다. 이것은 뭘까요. 기억나는 순간부터 늘 함께였던 것 같습니다만 사실, 한눈에 파악된 적 없었기에 이것에 대해 아직도 모른다고 보아도 무방합니다. 지금도 제가 이 대상을 알고나 좋아하는지 자신이 없습니다. 왜 그런 노래 가사 있지 않나요. "난 널 사랑해. 너의 모든 몸짓이 큰 의미인걸."(신효범, 〈난 널 사랑해〉) 모든 몸짓이 큰 의미라는 건 볼 때마다 해석을 새로이 하게 된다는 뜻이고, 총체적으로 대상을 파악하지 못한다는 뜻이기도 합니다.

하지만 사랑이 바로 그런 것 아닌가요? 다 안다면 재미없는 것 아닌가요? 사랑을 재미로 하냐고요? 그런 건 아니지만…… 사랑은 명백히 재미있습니다. 일테면 삼자의 시선에는 너무나도 의도가 명백하고 투명하게 보이는 행위일지라도, 사랑하는 당사자인 나의 눈에는 해석 불가의 신비로 남는다는 점에서 몹시.

그래서 이 대상에 대한 저의 사랑은 해석 불가능한 존재에 당겨앉으려는 의지에 가깝습니다. 파악을 못해도 좋지만 떨어지고 싶지 않다는 점, 대상은 저에게 별 관심이 없어 보이므로 제가 놓아버리면 끝나리라는 합리적 의심이 문득문득 든다는 점에서 그렇습니다.

자 이 대상은, 그렇다면 사람일까요? 사물일까요? 사람이기도 하고 아니기도, 사물이기도 하고 아니기도 합니다. 이 대상에게 물성을 부여할 수는 있으나, 대상 자체를 고정시키기는 어렵지 않나 하는 게 제 생각입니다.

단수일까요? 복수일까요? 셀 수 없는 수를 포함한 하나의 수가 아닌가 합니다. 단수로 쓸 수도 있고 복수로 쓸 수도 있습니다만, 통칭할 때는 단수형을 주로 사용하기는 합니다. 동시에 많은 사람에게 사랑받을 수 있는 존재입니다. 존재라고 표현해도 될지 모르겠지만, 저는 자꾸 이렇게 표현하게 됩니다.

—이 대상은, "시"입니다.

12

월

9

일

시

소리 내어 읽어주세요.

12월에는 요정들이

12월에는 요정들이 있다
여름 나라에도 겨울 나라에도 한 해의 마지막 달 있고
예수는 몰라도
요정들은 있다

잠든 개구리처럼
잠든 개구리 위에 부드럽게 덮인 흙처럼
다시 깨어나지 않을 것 같은
검은 재 자욱한

마을이었던
마을
지나며

요정들은 노래한다
듣는 이도 없구만

인간들 죽지 마
멋대로 죽이지 마
먹을 거 아니라면
절대로 그러지 마

번진 빛 위로
첨벙첨벙 요정들

비 내려
씻기는

눈꺼풀들 위에서

12

월

10

일

에세이

초저녁께 갑자기 문학평론가 친구 유정에게서 메시지가 왔다. 영생을 선택할 수 있다면 선택하겠냐는 내용이었다. 두말할 것 있나? 나는 예스. 예스를 외쳤다.

영생 너무 좋지.

이렇게 보냈다. 유정은 너무 의외라면서 왜 영생을 선택했는가 물어봤다. 자기는 자신이 아는 사람들이 전부 죽고 혼자 살아갈 삶이 너무 외로울 것 같아서 싫다는 것이었다. 아 그럴 수도 있겠구나. 하지만 어차피 사람은 혼자이고 어차피 외롭지 않은가, 개똥밭에 굴러도 이승이 낫다는 말이 괜히 있는 게 아닐 텐데. 이런 생각을 하다가, 급기야 만나는 사람마다 붙잡고 영생을 선택할 수 있다면 선택할 건지 물어보기 시작했다. 그런데 어쩐지 내가 만나는 사람들은 높은 확률로 시인이나 소설가, 평론가이고, 높은 확률로 당장 죽지 못해 산다고 답할 사람들이므로 영생을 선택하지 않을 것 같았다. 여기서 한 가지 짚어두고 싶은 것은, 영생이라고 해서 뭐 특별한 영생은 아니라는 것이다. 오래 산다고 부자가 되거나 초능력이 있거나 그런 거 아니고, 그냥 살아만 있는 것이다. 지금의 몸 상태로. 이를테면 환절기에는 감기에 걸리고 더우면 더위를 먹고 추우면 몸살이 나는. 이도 똑같이 썩으니까 치과도 가야 한다. 눈이 나쁜 사람은 계속 안경을 껴야 한다. 더 나빠지지는 않겠지만 조금 나쁜 상태 그대로인 몸으로 살아야 한다. 그 모든 것을 감수하고 영생을 선택할 것이냐 선택하지 않을 것이냐의 문제인 것이다.

결과는 내 예상 그대로였다. 시인들은 전부 무슨 영생이냐의 반응이었다. 출연중인 라디오 제작진에게도 물어봤는데 작가님 중 한 분만 영생을 선택했다. 왜? 도대체 왜? 이쯤 되니까 영생을 선택한 사람들의 이유는 안 궁금하고 영생을 선택하지 않은 사람들의 이유만 궁금했다. 생각보다 다양한 이유가 있었지만 가장 큰 이유는 고독을 이길 수 없을 것 같다는 거였다. 고독 뭘까. 고독. 나는 고독에도 호기심이 있어서 큰일이다. 영생을 거부할 만큼의 고독은 어떤 고독일 것인가. 궁금해져버리는 것이다. 나는 오래 살고 싶다. 인생은 짧고 예술은 기니까. 오래 산다고 더 좋은 것을 내가 만들리라는 보장은 없지만, 더 좋은 것을 볼 수는 있을 거라고 믿고 싶으니까.

12
월
11
일

에세이

뜨거운 코트를 가르며

농구를 몰라도 이 말만은 알고 있었다. "왼손은 거들 뿐." 만화 『슬램덩크』에 나오는 대사다. 농구 문외한이던 강백호가 채치수와 슛 연습을 하며 배운 말이다. 이 말 외에도 여러 가지 주옥같은 명대사를 외우고는 있었지만 농구를 실제로 해보고 싶다는 마음은 사실 품어본 적이 없었다. 그도 그럴 것이 농구는 일단 키 큰 사람들만 하는 거, 라는 목소리를 들어왔기 때문이다. 학창 시절 늘 키가 작았던 나는 농구공을 잡아보기도 전에 농구 코트에서 멀어지고 말았다. 하지만 안선생님 말대로, 포기하면 시합은 종료 아니던가? 내가 농구 선수가 될 것도 아닌데, 농구를 해보지도 못하고 이대로 살아간다는 건 좀 아쉽지 않은가! 싶은 마음도 무시할 수 없었다.

결국 나는 여성 전용 농구 원데이 클래스를 등록했고, 한 달 정도 대기한 끝에, 농구 코트에서 삐걱거리는 마찰음을 실제로 만들며 농구를 경험했다. ('했다'라고 표현하기엔 조금 무리가 있다. '경험했다'라는 말이 맞다.)

그리고 당연한데 몰랐던 사실, 농구는 팀 스포츠라는 사실을 배웠다. 플레이어가 멋진 덩크슛을 쏘기 위해, 혹은 삼점슛을 쏘기 위해 다른 팀원들의 도움이 필요하다는 걸 왜 나는 몰랐던가. 만화를 허투루 본 게 틀림없었다.

내가 잊을 수 없는 것은 공이 들어가던 림의 흔들림이 아니고, 그날 처음 본 다른 분이 내게 패스를 건네주던 그 순간이었다. 생초보인 나에게 뭘 믿고 공을 주신단 말인가. 하지만 내게 공이 왔다. 공이! 공을 받는다는 건 신뢰를 받는다는 것의 다른 말이었다. 시는 결국 혼자 쓰는 거라고 했던 지난날의 발언을 조금 철회하고 싶다. 시도 팀 스포츠랑 다른 게 없었다. 넓은 행간을 지나 내 문장이 갈 것을 믿기. 독자에게 공을 패스하기. "뜨거운 코트를 가르며" 시인도 독자도 시에게 가고 있는 것이다.

12
월
12
일

에세이

충동적으로 옷을 한 벌 샀다. 3주간의 제작 및 배송 기간을 거쳐 내가 받은 옷은 사람 키 170센티미터를 기준으로 제작된 노란색 새 인형 탈(무척 무겁고 크다)과 속이 빈 노란색 인형 몸통, 인형의 다리를 대신할 주황색 솜바지와 주황색 인형 신발이었다. 그렇다. 나는 병아리처럼도 보이고 오리처럼도 보이는, 인간이 입을 수 있는 새 인형 옷을 구입했다. 놀이동산이나 축제에서 사랑받는 그 인형 말이다. 인형 옷을 입은 인간은 그 개성이나 정치적 성향에 관계없이 귀여운 외형으로 호감을 얻을 수 있다. 물론 인형 옷은 입은 인간의 움직임을 방해하고 목소리를 제한하지만.

사실 인형 옷은 2023 서울국제도서전에 입고 가기 위해서 그해 5월경 구매한 것이었다. 나는 '비인간동물' 관련 연사로 초빙되었고, 비인간동물이라는 키워드를 듣고서 저 옷을 입고 발표를 하면 재미있겠다는 생각이 문득 들었던 것이다. 인형 옷을 입고 지하철을 타고 코엑스에 가서 비인간동물에 대한 작가로서의 여러 가지 생각을 발표하면 얼마나 직관적이겠는가!

결과적으로 말하자면, 나는 국제도서전에 인형 옷을 입고 참가하지 않았다. 한여름 혼자 인형 옷을 입고 지하철 역사에 들어가는 것부터 난관이었으므로. 인형 옷은 한정된 움직임을 전제해 제작된 물건이었기에 이동에는 적합하지 않았다. 게다가 인형 탈을 쓰니 시야 확보조차 어려웠다. 승강장과 열차 사이 발 빠짐 주의 구간에서 사고를 낼게 눈에 선했다. 마찬가지로 유동인구가 많은 주말의 코엑스에서 인형 옷을 입은 채 이동할 엄두가 나지 않았다.(도서전 현장에서 이 판단은 옳았다. 나는 세상에 책 좋아하는 사람이 이렇게 많은 줄 몰랐다.) 인형 옷을 입은 인간이 한 장소에 가만히 서서 손을 흔들거나 율동을 하는 정도를 넘어 더 일상적인 동작을 하기 위해서는 반드시 타인의 손이 필요했다. 내가 원하든 원하지 않든, 그 옷을 입고 사람들 사이로 가기 위해서는 그 공간을 점유하는 인간의 도움과 배려가 필수적이었다.

비인간과 인간이 공생하는 법은 많은 이가 고민하고 있는 주제다. 나 역시 그렇다. 비인간동물과 인간동물은 명백히 다른 존재이고, 소통이 원활하게 이루어지지 않는 관계다. 우리는 어떻게 공생할 수 있을까. 인간동물이 지구상 곳곳에 존재하는 동물 중 가장 공간 점유율이 높다는 이야기를 강연장에서 들었다. 시인으로서, 한 인간동물 개체로서 지금껏 내가 한 일이란, 시와 산문을 몇 편 쓴 것과 새 인형 옷을 입고 천변 산책을 나가보는 것이었다. 비인간동물이 인간동물의 공간에서 얼마나 부자유한지는 이제 낯설지 않은 이야기다. 인간의 이해와 배려가 필요하다는 것도 알 만한 이야기다. 모두 동의한다. 더해서 공감이나 이해를 넘어 상상력이 우리의 공생을 가능하게 해줄 거라는 말도 덧붙이고 싶다. 이해 불가능하고, 이해를 바라지 않는 존재와의 공생에 대한 상상력이 우리를 놀랍고 새로운 존재로 진화시키지 않을까.

—혹시 새 인형 탈 필요하신 분이 있다면 선물로 드리고 싶다. 알려주시길. 새 인형 몸통, 바지, 신발, 장갑도 드리리다. 해당 동영상을 보고 싶은 분은 유튜브에서 '복희도감'을 검색해보시길……

12

월

13

일

에세이

하찮아 보이지만 위대한 스쿼트 한 개

체력, 뭘까? 체력은 딜레마다. 체력을 키우려면 체력을 써야 하는데, 체력을 쓰려니 체력이 없다! 울화가 치민다. 사실은 오늘도 포기하고 싶었다. 이래저래 핑계를 늘어놓다가, 딱 한 개만 하자 하고 잠옷 차림으로 일단 일어났다. 발목을 조금 돌려주고 기지개를 켜고, 다리를 어깨넓이로 벌려 느리게 허공에 앉았다 일어났다 딱 한 번 움직였다. 그래, 오늘도 해낸 것이다! 하찮아 보이지만 위대한 스쿼트를.

스쿼트란, 여러 가지 변형 동작이 있지만, 기본적으로는 허벅지가 무릎과 수평이 될 때까지 앉았다 일어서는 동작이다. 혹자는 하체 운동의 모든 것이라고 평하기도 한다. 엉덩이를 빼며 상체의 무게를 그대로 하체에 얹고 허공에 앉는데, 허리를 과하게 꺾지 말고 내려갈 수 있는 만큼 천천히 내려가는 게 좋다. 중심을 잡고 발바닥으로 바닥 전체를 누르면서 관절에 무리가 가지 않도록 하는 것이 중요하다. 운동 목적에 따라 꼭 무릎과 허벅지의 수평을 맞추지 않아도 된다.

스쿼트를 시작한 것은 코로나19가 기승을 부리기 시작한 해 2월부터다. 그전에는 단 한 번도 스쿼트를 해본 적이 없었다. 오랫동안 나는 몸과 친해지기를 꺼려했던 사람이었다. 몸이란 내게 거추장스러운 짐이었다. 고통을 주는 악덕 주인놈에 불과했다. 이건 뭐 스스로 몸의 노예임을 자처한 것이나 다름없었다. 그래서 나는 근 30년 내내 벌받는 노예처럼 살았다. 그 누구의 것도 아닌 내 몸에게!

나는 왜 몸을 미워했을까? 몸이 싫었기 때문이다. 먹은 것을 바로 에너지로 전환하지 못하는 비효율성, 사회에서 바라 마지않는 여성으로서의 거동이나 맵시를 챙기는 일의 피로, 한 달의 절반은 시달리는 생리 등등 이유는 많았다. 하여간 오랜 시간 나는 몸을 데리고 사느라, 여행이고 동아리고 연애고 뭐고 만사가 다 싫었다. 몸을 조금이라도 일으

켜야 하는 상황 자체를 최대한 만들지 않으려고 노력했다. 매사 최소한의 것만 하려고 했다. 하지만 놀랍게도 정말로 하고 싶은 일(시쓰기)이 생겼고, 그러자 내 몸과 내가 맺는 관계에 변화를 줘야겠다는 생각이 들었다. 시를 쓰고 싶은데, 심지어 잘 쓰고 싶은데, 몸이 너무 피곤해서 잘 안 되는 것 같았기 때문이었다.

해서 몸을 돌보기로 했다. 잘하려고 하니 할일이 무척 많았다. 몸이 해낼 최대한의 효율을 끌어내기 위해, 최대한 내가 할 수 있는 것을 몸에게 해주어야 했다. 술을 마시는 만큼 끼니를 거르지 말아야 했고, 잠을 잘 자야 했으며, 읽고 쓰는 만큼 눈과 귀를 쉬어주어야 했다. 읽고 쓰기 위해 척추와 허벅지를 단련시켜야 했다. 흐물흐물한 몸 상태에서 이것저것 바보처럼 했고, 무턱대고 달리고 매달린 탓으로 발목 손목이 다 나가서 우울감이 더 커지기도 했다. 결국 재활 전문 트레이너를 만나 말했다. 살려달라고. 트레이너는 내게 스쿼트를 가르쳐주었다. 물론 이것저것 많은 걸 가르쳐주었지만, 스쿼트가 개중 가장 만만했다. 어디서나 할 수 있었고 언제든 할 수 있었다. 힘들면 벽에 기대어 할 수 있었다.

스쿼트가 만병통치약일까? 그건 아니다. 사람마다 다르겠지. 운동 선생님이 내게 스쿼트를 추천해주었기 때문에 나는 이것을 만났을 뿐이다. 우연이지만 필연처럼, 스쿼트는 내게 꽤 잘 듣는 약이었다. 여전히 나는 생리통에 시달리고 겨울이면 추위를 못 견디고 잠 못 이루는 밤을 술에 의지하곤 한다. 스쿼트를 해서 내 삶이 달라졌어요! 갱생! 인간 승리! 이러면 얼마나 좋겠냐마는, 오늘처럼 겨우겨우 딱 한 개 하고 아 몰라, 쓰러져 눕는 때도 있다. 그럼에도 불구하고, 딱 한 개만 일단 하고 나면 이상하게 열 개를 하게 된다. 열 개를 하고 나면 아 그럼 스무 개도 해볼 성싶다. 몸도 더 따뜻해지는 것만 같다. 사람들에게도 더 다가갈 여유가 생긴다. 그럼 세상이 덜 두렵다. 한 줄 더 쓸 수 있을 것 같다. 견디지 못할 일이 줄어들 것 같다. 더해서 그런 내가 참 기특하고 좋아진다. 몸이 내 듬직한 친구가 되어, 나를 도와줄 수 있을 것 같다. 나를 멀리 가게 해줄 바람처럼 느껴진다. 내일도 미적거리며 오래 고민하겠지만, 꼭 한 개만은 할 수 있기를, 위대한 스쿼트 한 개를 시작할 수 있기를 바란다.

12

월

14

일

시

소리 내어 읽어주세요.

요정과 술 마시기

술은 인간 영혼의 윤기입니다

내 말이 아니다 요정의 말이다
취한 요정과는 마음 전혀 통하지 않지만
요정의 집 알 수 없고
내 집에 데려가도 되는 걸까
요정을 믿을 수 없고

요정인데
요정이잖아요
설마하니 요정이

하지만 나는 요정들이 하는 고약한 일들을 안다

이를테면 거울 요정이라든가 램프 요정이라든가

요정이 못하는 일들도 안다

누군가를 죽일 수 없다
누군가를 사랑에 빠지게 할 수 없다
누군가를 되살릴 수 없다

나는 취한 요정을 쿡쿡 찔러
소원을 들어달라고 한다

귓속말로 세 가지나 말했다

요정은 취했고
셋 다 같은 소원 아니냐고 한다
소원은 됐고
자꾸 자신이 어떻게 보이느냐 묻는다

12

월

15

일

메모

받아쓰기

뭐든 받아쓰는 사람 같다. 내게 독창적인 구석이 있나? 하늘 아래 같은 것 없다고 하니까. 완전 핑계는 아니다.

그런데 경계하는 것은 있다. 전부 내 얼굴만 보는 짓거리는 하지 말기.

내 얼굴만 안 보려면 어떻게 해야 하나.

없어져야 한다.

완전히는 아니고 반만? 반은 아니고. 좀 다른데.

있는데, 없어지기, 해야 한다.

해내.

어렵지 않다. 강렬한 마음이 없다면 쉽게 된다.

그런데 마음이 불쑥 치밀지 않으면 본 것들 다 사라진달까.

물결을 누가 잡아두냐고요.

누구긴 누구야.

보는 사람의 마음이지.

영매랑은 좀 다른데, 혼미한 가운데 아주 혼미해져서는 안 되는 그런 게 있다.

정신을 잃되 아주 잃어선 안 돼.

그게 좋아서 계속 쓴다.

공교롭게 몇 년 전 이날 신춘문예 등단 전화를 받았다.

그날 해 다 지고 늦은 저녁을 먹으러 가던 길 광화문 앞 버스 정류장.

12

월

16

일

에세이

어떻게 죽어야 덜 슬플까

나는 상상한다. 지구상의 모든 인간이 같은 이유로 엇비슷한 시기에 죽는 일은 재난일까? 보통은 멸망이라고들 하던데, 인류의 멸망이 곧 지구의 멸망은 아니니까, 재난이라고 해도 될 것 같다. 여하간 인간이 땅속으로 숨을 수도 없고 바다로 피할 수도 없으며 우주로 갈 수도 없다면. 냉동되었다가 먼 미래에 해동되어 살아남을 미래를 꿈꿀 가능성도 없다면. 그래 뭐, 다 죽어야 한다면 나라고 별수 있나 죽어야겠지. 그러면서도 죽는 날이 몇 개월 뒤라면, 그러니까 일종의 유예기간을 갖게 된다면, 나는 무엇을 할 수 있을까라든지, 나는 무엇을 하고 싶을까라든지. 상상하고 또 상상한다.

내 오랜 버릇 중 하나다. 그래서 이 버릇은 머릿속 '인류 멸망 시나리오'라는 폴더에 '최종' 혹은 '진짜 최종' 혹은, '진짜 진짜 최종'의 파일명을 가진 채 저장되었다가 가끔 이런 저런 글에 자취를 남기기도 한다. 때마다 변하는 관심사나 상황에 따라 시나리오의 내용이나 형식면에도 변화가 보여 흥미롭게 지켜보고 있다. 상상을 하다 어쩐지 막히는 경우엔 그대로 내버려뒀다가 책을 읽거나 영화를 보면서 추후 보충 또는 확장하기도 한다. 언제부터 시작했는지 모를 이 인류 멸망(과 그에 대응하는 나)에 대한 상상은 혼자 있을 때 문득 해보는 놀이다. 그리고 어째서인지 다른 상상들과는 다르게, 혼자 있더라도 마음이 불안하거나 우울할 때는 떠올리지 못하는 주제다. 그러니까 굉장히 평화롭고 안전한 상황에서, 여유로울 때만 하는 행동이란 말이다.

저 상상을 시작했던 초기(십대 시절)에는 주로 다채로운 방식의 멸망을 상상하다가 이윽고, 멸망이 온다는 소식을 들은 내가 무엇을 할지 생각했는데, 인류의 멸망이 어떻게 오든 나의 대응만은 참 한결같아서 재미가 좀 떨어졌다. 그래서 요즘엔 인류 멸망 직전에 내가 무엇을 할지에 대해서는 잘 생각하지 않는 편이다. 대신 마지막으로 죽는 '어떤 사람'을 상상한다. 내가 이미 아는 특정인에 대해서는 잘 상상하지 않는다. 과하게 몰입하게 될 것이 두렵기 때문에.

꽤 건성으로 상상하는 편이다. 누구세요, 묻고 저예요, 답하는 사람이 있으면 슬슬 질문을 던져 답을 받아낸다. 이번엔 새로 전학생을 받는 고등학교 선생님처럼 묻기로 했다. 나이는, 성별은, 국적은, 습관은, 성격은, 가장 기억에 남는 에피소드는, 뭐 이런 것들부터 대강. 밸런스 게임처럼 진행할 때도 있고 제일 먼저 등장한 이미지를 문장으로 한 줄 만든 다음 그 문장에 주석을 백 개 정도 붙이는 방식으로 할 때도 있다.

그렇다. 요즘은 멸망하는 세계보다 사람을 먼저 생각한다. 특정한 개체를 생각한 후, 그 사람(혹은 사람 형상의 무엇)이 맞이할 멸망을 생각하고 있다.

가장 최근에 내가 만들어낸 이는 이제 막 열여섯 살이 되었다. 교우 관계는 원만. 방학 중 몇 개월 후에 인류 멸망이 온다는 소식이 들려왔지만 학교가 여전히 열려 있어, 학교에는 계속 나가는 중이다. 어차피 전력 공급이나 각종 연료 공급이 원활하지 않아 집에서 컴퓨터를 자유롭게 쓸 수도 없다. 방사능의 작용으로 인터넷도 되지 않는다. 핸드폰은 무용지물이 되었다. 아주 오래된 방식의 것들만 겨우 사용 가능하다. 공중전화, 전보, 무전, 그런 것들. 해서 학교에 나오는 게 덜 심심하다.

최대한 평범한 소녀를 상상해보고 싶었는데 평범한가? 모르겠다. 이 소녀가 일기를 쓰고 있다면, 케이팝을 좋아한다면, 수학을 좋아한다면, 치어리딩을 한심하게 여기는 척하지만 사실은 멋있다고 생각한다면, 초코 시리얼이 아니라면 손도 대지 않는다면 등등. 추가할 정보만큼이나 생략해야 할 정보도 많다.

이 단계에서 이 사람이 살아갈 세계를 상상하기로 한다. 네빌 슈트의 『해변에서』(청탄 옮김, 황금가지, 2011)를 참고하면 좋겠다. '이 친구가 어떻게 죽어야 내가 덜 슬플까'에 초점을 맞췄다. 순전히 내가 요즘 슬픈 것이 싫어서 내린 결정이다. 상상에 불과하지만, 그럼에도 불구하고 이 친구가 너무 춥지 않고 너무 덥지 않은 곳에서, 너무 외롭지 않게 죽을 수 있다면 좋겠다는 마음이 들었는데, 『해변에서』의 인류 멸망 상황이 그런 죽음을 맞이하기에 제격이었다. 상상은 자유니까 사실 온갖 향락과 사치에 둘러싸여 죽게 해도 상관없겠지만, 이 친구가 그런 것을 누리게 하려면 상당히 많은 부분을 조정해야 해서 하지 않기로 했다. 홍청망청한 분위기가 없는 세계, 그렇다고 너무 금욕적이진 않은 세계, 유쾌한 세계, 비둘기 집처럼 다정한 가정을 위해 대부분 사람들이 노력하는 세계, 너무 고생스럽지 않은 죽음을 꿈꿀 수 있는 세계에서 친구가 죽도록 하고 싶었다.

한여름의 크리스마스 휴가가 막 끝난 아침, 호주 해군 소속의 피터 홈스 소령이 눈을 뜨는 장면으로 소설 『해변에서』는 시작된다. 몸을 부드럽게 감싸는 침대에 누워서 깨끗하고 얇은 여름 커튼 사이로 햇살이 비쳐드는 것을 바라보며 눈을 뜨는 아침이라니.

완벽하다.

그런 곳에서는 어떤 나쁜 일도 일어나지 않을 것만 같다. 실제로 멸망을 앞둔 것치고 이 소설은 한없이 평화롭고 행복한 휴가철처럼 흘러간다. 물론 책 뒤표지에 '핵전쟁으로 북반구 인류는 멸망하고, 시시각각 내려오는 방사능에 의해 남반구의 도시들이 하나둘씩 파멸에 이른다'라고 쓰여 있어서, 이 휴가철 같은 나날의 아름다움이 후반부에 어떤 극적 효과를 자아내기 위해 쓰였는지 짐작하기는 어렵지 않았다. 멸망이 아니라도 이렇게 아름다운 채 사람들이 살아갈 수 있을까 싶을 정도의 아름다운 세계, 황혼녘처럼 저물어가는 세계다. 그 세계에서 사람들이 침착하고 우아하게 미쳐간다. 모두 꽉 닫힌 결말을 맞이하게 될 것이므로. (인류는 망해도 지구는 망하지 않는다는 게 희망이라고 한다면, 그건 또다른 문제니까 차치하고.)

모두 죽고 말 거라는 사실을 나만 알고 등장인물들이 몰랐다면 조바심이 났을 테지만 그것도 아니었다. 그들은 내년 크리스마스가 자신들에게 오지 않을 것을 안다. 자신들이 나이를 먹지 않을 것도 안다. 그들은 늦어도 9개월, 이르면 6개월 내에 피폭으로 자신들이 죽을 것을 안다. 그래서 어떤 이는 일주일에 하루 하던 외식을 매일같이 하기도 하고, 어떤 이는 아마추어 자동차 경주에 나가 우승을 탐내기도 한다. 하지만 대부분의 사람들은 이전과 아무것도 달라진 것이 없다는 듯 살아가려고 애쓴다. 북반구의 일이나, 곧 올 죽음에 대한 언급은 최대한 피한다. 이미 많은 물자의 보급이 끊겨서 아무것도 예전 같지 않은데 말이다. 내년 휴가에 무엇을 하고 싶은지 계획을 짜거나, 10년 후에 멋지게 가꾸어 완성될 화단을 그려보거나 한다. 출근을 하고 정시 퇴근을 한다. 정원의 나무 울타리를 가꾼다. 소와 양에게 먹이를 주면서 그들이 내년이나 내후년쯤엔 얼마나 자랄 것인지 가늠해본다. 어린 아기가 어린이가 되어 가지고 놀 장난감을 미리 사두기도 한다.

제사로 인용되어 있는 엘리엇의 시 「텅 빈 사람들」 그대로다. 쾅 소리가 아닌 훌쩍임으로 세상이 끝난다. 피폭으로 인한 인류 멸망 앞에 사람들이 정말 이렇게 우아하게 행동할 수 있을까? 곧 죽을 사람들이 그렇게 고상할리 없다고, 서로 약탈하고 죽이고 무법천지가 될 것이라고, 터무니없이 이상주의적인 소설이라고 비판할 수도 있을 것이다. 중

산층 이상의 사람들만 조명되기에 특정 계층의 우아함을 강조하는 프로파간다에 가깝다고 말할 수도 있고, 인종을 특정하진 않았지만 외형 묘사들로 미루어보아 등장인물들이 거의 다 백인임이 확실한 것 또한 문제로 지적할 수 있을지 모르고.

하지만 압도적 재난 앞에서 소설 속 인간들이 지켜가는 명랑한 일상과 품위가 나는 좋았다. 어떤 이라도 마지막까지 품위를 지키면서 죽을 수 있다는 이상한 희망이 필요했는데, 여기서 내 이상의 그림자나마 볼 수 있어서 좋았다. 그 때문에 이 소설을 좋아하고 말았다. 내 상상 속의 친구가 저런 사람들 속에서 죽었으면 좋겠다고 바랐다.

이미 자신의 잘못이 아닌 이유로 인류 멸망 상황에 처했는데, 누군가에게 상해를 입거나, 무정한 인심 때문에 굶어 죽기라도 한다면 너무 슬플 것 같았다. 하지만 친구가 저 유정한 세계에서 죽는다면 온전한 정신일 때, 제 의지로 죽음을 맞이할 수 있을 것 같았고 그래야 내가 덜 슬플 것 같았다. 게다가 나는 내 친구에게 소설의 서술자 역할을 맡기고 싶었다. 이 멸망 전의 유예기간을 친구의 시선으로 전부 다시 써서 그걸 읽고 싶었다. 어떤 생각을 할지 무엇을 할지 더 세세한 부분들이 궁금했다.

내 친구는 죽음 앞에서 자신이 무엇을 원하는지 알고 원하는 것을 할 수 있을까? 나의 친구가 사람들과 제 행적을 묘사하는 목소리를 상상해보았다. 그리고 자신이 곧 죽을 거라 말하는 부분도 연이어 상상해보았다. 내 친구가 존엄 넘치는 그 세계에서 죽을 수 있어 감사해야 하나 헷갈렸다. 헷갈리는 와중에 이상하게 계속 떠오르는 한 장면은, 고요한 방사능 오염 지대에 『새터데이 이브닝 포스트』 뭉치가 남겨져 있던 장면이다. 오염 지대에서 간헐적으로 울려오는 무전 신호의 원인(생존자가 있을 가능성)을 밝히기 위해 방사능 보호복을 입고 혼자 해군통신학교 건물에 들어선 군인이 「숙녀와 벌목꾼」이라는 연재소설을 읽는 장면. 그 땅에서 무엇도 가지고 돌아와서는 안 된다는 명령을 위반하고 그것을 소중하게 들고 오는 장면. 만약 그게 그저 잡지가 아니라 다른 의미심장한 책이었거나 어떤 사람의 사적인 기록이거나 했으면 이상했을 것 같다는 생각도 들었다. 그러나 읽고 싶었다. 더 많은 사람들의 더 많은 이야기를. 내 친구의 이야기를. 재난이 아니었다면 계속되었을 이야기들을.

12

월

17

일

에세이

그 무엇의 대신도 아닌 두부

술 마시며 시 읽는 팟캐스트 '시시알콜' 방송 녹음 중 질문을 하나 받았다. 비건을 시작하고 나서 가장 먹고 싶은 동물성 음식이 무엇이냐는 것이었다. 두말할 것도 없이, '달걀 간장 밥'이었다. 그다지 특별할 것도 없이 아무렇게나 부친 달걀 프라이, 밥, 간장, 참기름을 한데 비벼먹던 그것 말이다. 기름 대신 버터를 넣거나 마가린을 쓰는 등 집집마다 버전은 조금씩 다르지만 누구나 알고 상상할 수 있는 맛의 음식. 어렸을 때 엄마가 해준 음식 중 가장 맛있다고 해서, 엄마를 조금 씁쓸하게 만들었던 음식이기도 하다. 주방에서 불을 쓸 수 있게 된 나이에 가장 먼저 했던 음식이 달걀 프라이였던 것도 아마 엄마 손 없이 스스로 저것을 해먹고 싶어서였을 것이다. 그래서 솔직히, 비건을 시작하고 가장 아쉬운 음식은 저것이었다. 하지만 나는 먹는 일에 진심인 편이므로, 저 음식을 완벽히 대체할 수 있는 음식은 아니지만, 다른 유일무이한 맛있는 음식을 찾아냈다. 바로 '두부 간장 밥'이다.

혼자서도 너무 혼자인 것 같다는 생각이 드는 날, 그런 허기가 지는 날, 특히 추운 날, 나는 저것을 해먹는다. 나와 허기를 화해시키는 나름의 의식이라고 해야 할까. 아주 간단한 음식에 들이는 최대한의 시간에는 뭔가 마음을 진정시키는 효과가 있다. 그래서 나는 '두부 간장 밥'을 될 수 있는 한 천천히 만든다. 당장 엄청나게 배가 고프지만, 먼저 내가 가장 아끼는 그릇을 꺼내(개수대에 있다면, 울면서 설거지를 먼저 한다) 밥을 담아 준비한다. 기름을 조금 두른 프라이팬에 키친타월로 물기를 조금 걷어낸 두부를 반 모 으깨면서 굽는다. 다음은 나무 주걱으로 두부를 프라이팬 바닥에 꾹꾹 눌러 뭉개며 약한 불 앞에 서 있어보는 것이다. 전자렌지를 사용해도 되지만 구태여 프라이팬을 사용하는 까닭은 이 끼니의 포인트가 시간을 들이는 데 있기 때문이다. 나는 아무 생각도 하지 않고 불 앞에 서서 조용히 두부를 노릇노릇하게 익히는 데 집중한다. 그동안 맥주가 있다면 맥주를 천천히 마신다. 와인이 있다면 와인을 천천히 마신다. 두어 모금 마시는 동안 두부 스크램블이라고 해야 할까, 그것을 아주 조심스럽게 펴서 밥 위에 고슬고슬하게 담는다. 뜨거울 때 간장을 한 바퀴, 참기름을 한 바퀴, 참깨를 솔솔 뿌린 다음 수저로 잘 뒤섞어 비빈다. 마시다 만 술을 마저 곁들인다.

두부는 참 신기하다. 언제나 어디서나 어떤 술과도 잘 어울린다. 철 따라 먹을 수 있는 과일, 채소 그 어떤 것과도 산뜻하게 어울린다. 복숭아 두부 샐러드라든가, 당근 두부 부침이라든가, 샐러리 두부 마리네이드라든가 하는 내가 만들어놓고 내가 감탄하는 우리집 한정 메뉴에도 어울리고, 된장찌개, 카레, 심지어 전날 먹고 남아 버리기는 좀 아쉬운 콩나물국에도 어울린다. 라면에도 가끔 넣어 먹고, 차가운 그대로 유자청을 뿌려 먹기도 한다. 도저히 아무것도 할 수 없는 날에는 두부를 전자레인지에 돌려 소금만 조금 뿌리고 위스키와 먹기도 한다. 그럴 때 두부는 뜨겁고 부드럽고 세상에서 가장 하얗게 빛난다. 고소하고 든든하며 그 무엇과도 바꿀 수 없는 한 접시의 기운이다. 두부는 무엇에나 어울리지만 그 무엇으로도 대체 불가한 신비다. 먹을 때마다 단정해지고 먹을 때마다 나를 나로 있게 한다.

12

월

18

일

에세이

책점을 종종 본다.

1. 성의와 시간을 내어 도서관에 간다(도서관에 못 가는 경우 서점에 간다): 절대 절대로 내 방에 있는 책으로 해선 안 된다.

2. 외출하기 전에 원래 볼 책(혹은 살 책)을 정하고 가야 한다.

3. 원래 보려던 책이 꽂혀 있는 코너로 가서, 그 근처에 있는 책을 꺼낸다. 어쩐지 기억에 남는 내용을 그날의 나에게 선물하면 끝이다.

최근 찾아낸 점괘는 『싸움에서 무조건 이기는 방법』(강준, 학민사, 2001)에서 발견했다. 『손자병법』이 꽂혀 있던 코너에서 발견한 책이다. 원래 빌리려던 책은 『손자병법』이었다. 화가 자주 나던 때라 손이 저절로 갔다(『택견 겨루기 총서』와 『유도의 첫걸음』『경호 무술(개정판)』 사이에서 잠시 망설였지만).

"다투지마십시오! 다투더라도 싸움으로 가지는 마십시오! 그러나 불의로부터 정의를 세우는 싸움이라면, 불량배, 치한으로부터 정당방어의 싸움이라면, 집단적 따돌림(왕따)에 저항하는 약자의 싸움이라면, 확실히 이기십시오"라고 책표지에 적혀 있는 소개가 홍미로웠다. 목차 또한 매력적이었다. "눈을 찌르면 코끼리도 쓰러진다" "불량배는 강해 보이는 사람에게는 시비를 걸지 않는다" "칼 든 자와는 절대 싸우지 마라" "상상훈련, 그것은 마력이다" "주머니 속 동전도 몸을 지킨다" "자신을 과소평가하지 마라" 등등.

각 챕터는 대체로 실제로 본인이 보고 겪은 싸움의 현장을 간략하게 에피소드 형식으로 먼저 서술하고, 그 싸움에서 사용된 기술에 대한 소개, 그 싸움의 기술을 연마하는 법, 그 기술을 시전할 때의 주의사항으로 이루어져 있었다.

싸움의 기술에 대한 이해를 돕기 위한 삽화도 많이 실려 있었다(삽화를 이 글에 첨부하지 못하는 게 무척 아쉽다).

실제로 몇몇 방법은 꽤 쓸 만하다 싶었다. 멱살이 잡혔을 때 멱살을 풀 수 있는 다양한 방법이라든지(뭔지 안 가르쳐주겠다. 당신이 내 멱살을 잡을 수도 있으니까!), 최대한 싸움이 일어날 상황을 애초에 만들지 말라든지, 도망칠 수 있다면 온 힘을 다해 도망을 치라든지. 동시에 몇몇 방법은 스파이더맨식으로 말하자면 "큰 힘에는 큰 책임이 따른다, 너 감당 가능하니?"식으로 먼저 머릿속으로 실현해본 후 넣어두어야 할 것들도 있었다. 이를테면 이런 것.

"눈을 찌르면 코끼리도 쓰러진다"라는 장에서는 눈을 찌르는 방법, 눈을 찌르는 데 가장 효과적인 자세, 눈을 찌르는 법을 시전할 때의 주의사항이 아주 세세하게 나와 있다. 소아마비로 다리를 저는 고등학교 2학년 학생이 집단 따돌림을 당해, 그의 엄마와 함께 이 책의 저자를 찾아온 에피소드 이후에 소개된 기술이었다. 그 학생은 자신의 상황을 타개하고자 저자에게 합기도를 배우러 왔지만, 소아마비로 인해 발차기나 꺾기, 손을 사용하는 동작을 연마하기는 어려웠던 상태였다. 결국 저자는 그에게 신체를 최소한으로 활용하면서도 상대방에게 가장 치명적으로 사용할 수 있을 법한 "눈 찌르기 기술"을 연마시킨다. 작은 합판에 구멍 두 개를 뚫어놓고 이지수(손가락 두 개)를 그 구멍에 찔러넣는 연습을 두 달 간 매일 하루 40분씩. 얍. 얍. 얍. 얍. 얍. 얍. (입으로 기합을 넣는 것이 싸움에 종종 도움이 된다는 말이 한 챕터에 있었다.)

두 달 후 그 학생은 그 반에서 가장 싸움을 잘하는 학생이 되었다. 이렇게 에피소드가 마무리되었더라면, 오, 멋진 기술이군, 나도 연마해야지! 그랬을 텐데……후일담이 의미심장했다. 그 학생이 결국 자기를 괴롭혔던 학생들을 찾아가 일일이 눈을 찌르고 다니다가 퇴학을 당했기 때문이다.

복수는 복수를 낳고, 피는 피를 부른다는데 그런 것을 계속 지지부진하게 삶의 모토로 삼고 싶어서 싸움을 배우는 사람은 아마 없을 것이다(아니, 어딘가에는 있을지도……). 그래서 저자도 저 에피소드를 책 구성 중 초반에

넣었겠지.

싸움을 잘하게 되면 좋겠지만, 싸움을 안 할 수 있으면 더욱 좋겠다. 복수를 할 수 있는 힘이 생겨도, 복수하지 않을 수 있을 만큼 강해지면 좋겠다. 하지만 모르지. 모를 일이다. 인간의 진면목은 극한의 상황이 아니라 극강의 상황에서 드러난다는데, 나의 진면목을 누가 알 것인가…… 생각하다가, 여하간 신체 건강한 사람들은 이렇게 자유롭게 몸을 단련한단 말인가. 또다른 생각을 하다가(또 사방으로 뻗어가는 산만한 생각 나열을 만들어버렸는데 다 적을 수가 없다), 인간의 가장 연약한 부분은 어디인가(저자는 눈이라고 했다)로부터, 그 연약한 부분을 파괴하기 위해 바라보는 사람과 지키기 위해 바라보는 사람은 세상을 다르게 살겠지, 그런 생각도 했다. 복수하지 않으려고 노력하는 마음! 괴롭다! 생이란 일체개고라 하더니, 틀린 말이 아니다.

12

월

19

일

에세이

편지에 남는 것

편지는 어떻게 남기는 거였더라. 매일같이 온라인으로 업무 관련 메일을 받고 쓰지만, 나는 정작 그것을 편지라고 생각하지 않는다. 업무 관련 메일에는 다음과 같은 말들이 들어간다. 받는 사람, 인사, 날씨, 가벼운 안부, 용건(다름이 아니오라를 운운하며), 마무리 인사(혜량한다거나 총총이라거나), 보내는 사람.

편지는 그렇다면 메일과 뭐 얼마나 다른가.

다르다.

나에게 편지란 정제된 양식이 없으며, 아주 친밀한 사이가 아니라면 주고받지 못하는 종류의 글이다. 인사나 날씨 따위는 과감히 생략하거나, 내내 날씨 이야기만 할 수도 있는. 나에게 편지는 수신인이 존재하는 일기나 다름없다. 아주 내밀하고, 아주 사소하며, 타인에게는 알려지지 않기를 바라는 말들.

그런데 얼마 전에 동료 정재율 시인과 조해주 시인을 통해 편지 쓰는 사람들이 크게 두 종류로 나뉜다는 사실을 발견했다. 정재율 시인의 첫번째 시집『몸과 마음을 산뜻하게』중 한 편에 등장하는 에피소드에 대해 이야기를 나누던 와중이었다. 정재율 시인이 자신이 써놓고도 수신인이 누구인지 잊어버린 편지를 발견한 일에 대해 이야기해주었다.

나는 어떻게 '사랑하는 사람'에게 보내는 편지의 첫 줄을 적어놓고 그 사람이 누구인지 잊어버릴 수 있느냐고, 믿을 수 없다고 소리쳤다. 그러나 정재율 시인은 도리어 내 불신을 이해하지 못했다. 그가 말하기를, 자신은 모든 편지를 컴퓨터로 먼저 초고를 작성한 후에 손 글씨로 다시 옮겨쓰기 때문에, 다른 내용 없이 "사랑하는 사람에게"만 써놓은 편지의 수신인을 알 수 없는 일도 가능하다는 거였다.

그렇다. 편지를 쓰는 사람은 편지의 초고를 쓰는 사람과 편지의 초고를 쓰지 않는 사람으로 나뉜다. 나는 후자다. 전자가 세상에 존재하는 줄도 몰랐던.

자신이 쓴 편지의 수신인을 잊을 수 있다는 사실에는 납득했지만, 편지에 초고를 쓴다는 부분은 선뜻 받아들이지 못했다. 그러나 나만 그랬던 것으로, 옆에 있던 조해주 시인 역시 컴퓨터로 먼저 편지 초고를 쓴 후 손 글씨로 옮겨쓴다고 했다.

초고를 쓰는 이들의 편지와 초고가 없는 내 편지는 모두 내밀함, 사소함, 타인에게는 나누지 않는 말들을 나눈다는 점에서 유사했다. 그렇지만 편지에 완성도라는 개념을 도입한다면, 출간 가능성을 도입한다면? 유명한 시인, 소설가, 화가들이 쓴 서간집이 머릿속에 떠올랐다. 그들의 유려하고 아름다운 글들이. 아, 내 편지는 대문호들이 쓴 편지들과는 달라도 너무 달라서 출간이 불가능할 것 같았다. 내가 어떤 말을 편지에 썼는지 전혀 기억나진 않지만, 왠지 그럴 것 같다.

편지에 한해서는 결코 퇴고를 해본 적이 없다. 편지에 있어서 퇴고를 하면 안 된다는 원칙이 있는 것도 아니었는데, 실시간을 담아야 한다는 이유나 내 마음을 퍼붓는 글이라는 이유로, 늘 손 가는 대로, 마음이 넘치거나 부족한 대로 썼다. 쓰다가 막히면 몇 시간 혹은 몇 날을 쉬었다가, 아예 맥락이 다른 말을 했다. 조리 없는 편지의 표본이 있다면 바로 내 편지가 그것이리라. 더 심한 경우는 아예 구겨서 버린 후 다시 썼고, 아니면 아예 보내지 않고 다 찢어 없애버렸다. 내게 있어 보낼 시기를 놓친 편지들은 이 세상에 없다. 다 버렸으니까. 정재율 시인처럼 보냈던 편지와 쓰다 만 편지, 보내지 못한 편지가 남아 있는 일은 적어도, 내게는 있을 수 없는 일이었다.

다른 많은 글들(에세이, 시, 논문 등)은 초고도 완고도 갖고 있는데 편지만큼은 그렇지 않다. 나에게 편지란 것은 (특히 내가 쓴 편지란 것은) 내가 절대로 간직할 수 없는 과거의 나다. 타인들이 쓴 것도 그럴 것이라고 생각해왔다. 이제까지 내가 받은 편지들의 모양이 그랬다. 수정테이프로 마구 수정한 흔적, 볼펜으로 검게 칠한 후 옆에 이어서 쓴 흔적 등, 쓰는 사람이 즉흥적으로 쓰고 있다는 것을 알 수 있는 그런 편지들을 받고 웃거나 울었다. 중구난방으로 쓰여 있는 편지들이었지만 도대체 무슨 말을 하고 있는지 알 수 없는 편지는 하나도 없었다. 게다가 지금 내게 편지를 쓰고 있는 사람이 어떤 상태인지(울고 있는지 울었는지 조금 우울한지 기쁜지), 어디에서 쓰고 있는지, 무엇을 먹고 있는지(커피 자국, 와인 자국, 가끔은 떡볶이 국물)까지 알 수 있었다. 하루 만에 썼는지 몇 날 며칠에 걸려 썼는지 그것 역시도.

지금 나에게는 이십대 중반 이후로 사람들에게서 받은 편지가 신발 상자로 네 개가 있다. 나와 편지를 주고받은 이들은 모두 내 말에 성실히 대답해주었다. 나 역시 그들의 말에 그렇게 했기를 바란다. 나와 편지를 주고받은 이들 모두 아직도 나와 친구이며, 요새는 종종 짧은 카드나 헐렁한 엽서를 주고받는다. 그런데 그들이 아직 내 편지를 갖고 있을까? 부디 태워버리기를 바라는 마음 반, 내게 보여주었으면 하는 마음이 반이다. 그렇지만 역시, 죽은 후에 멋진 편지로 이름을 날리는 작가들을 떠올려보면 기가 죽는다. 지금부터는 나도 퇴고를 좀 해볼까도 싶다.

퇴고가 마무리된 편지에는 무엇이 남을까. 내가 어떻게 남을까. 알 수 없는 일이다. 보내버린 편지의 수신인은 결국 내가 아니니까.

12

월

20

일

편지

퇴고한 편지

안녕하세요. 시인 김복희입니다. 잘 지내고 계시나요? 한 해 마무리 잘 하고 계신지? 와중에 괜찮으신가요, 외로운 건 좀…… 어떠세요. 이 안부를 여러분께 묻고 싶어 이 시들을 골라보았습니다.

등대지기*

외로운 이는
얼굴이 선하다
그 등대지기도 그랬다
그의 일과 중

* 진이정, 『거꾸로 선 꿈을 위하여』(문학동네포에지052), 문학동네, 2022.

가장 부러웠던 것은

일어나자마자 깃발을 단 뒤

한 바퀴 섬을 둘러보는 일,

잰걸음으로 얼추 한 식경이면

그 섬을 일주할 수 있었다

나도 그런 곳에서

산보나 하며 살고 싶었다

한 식경이 너무 과하다면

몇 걸음 디디지 않아

이내 제자리로 돌아오는,

어린 왕자의

알사탕 별일지라도

외로운 이는

마음이 고르다

그 등대지기도 그랬다

심심할 땐

바이블을 읽는다던 그는

할망당의 굿을 믿는

토종 인간이었다
하찮은 잡귀일지라도
박대해선 안 된다는 것을
어질지 않은 탐라의 바다에서
애써 깨우쳤는지
그는 만물에 대해 겸허했다

외로운 이는
가슴이 저리다
안개 조짐이 있던 날
나는 떠났다
떠나는 나를 위해
(나는 그렇게 믿었다)
그가 길게 길게
안개 신호를 울려주었다
짙어가는 연기 속에서
잦아지는 사이렌을 들으며
내 눈은 젖어들었다
아아 나의 등대는

이미 빛을 잃은 것이다

이제 내 가야 할 뱃길은

희미한 그림자 놀음,

누구는 나를 위해

안개의 나팔을 불어대고

누구는 또 나를 위해

안개의 올을 촘촘히 안다

진이정 시인의 시집『거꾸로 선 꿈을 위하여』에는 인연이라는 것, 인간사라는 것을 샅샅이, 아주 샅샅이, 날이 선 채로 감각하는 나머지 괴로워할 수밖에 없는 화자가 살아 있습니다. 이 지경이라면 도대체 이자는 밥을 먹긴 먹는 거야, 다른 사람을 만나서 제대로 된 의사소통을 할 수는 있는 거야, 도대체, 그러니까 도대체 이자는 얼마나 외로운 거야, 이런 생각이 들 정도로요. 외로움에 휩쓸린 나머지 그 고통이 개성이 되어버린 자를 지켜보는 기분이 들어요. 그 중에서 저 시「등대지기」는 외로움이 잠시 잦아들었을 때, 그 고통스러운 외로움으로 인해 타인의 외로움을 이해한 자의 시선을 보여줍니다. 외로움이 우리 삶을 감싼 안개처럼 보일 때, 어떻게 나아가야할지 갈피가 잡히지 않을 때 읽을 만하달까요. 이 시처럼 우리의 외로움이 결국 우리의 얼굴을 선하게 만들고 마음을 고르게 펴주는 것이라면, 그래서 다른 외로운 이에게 잠시간의 배웅이 되어주고, 배웅을 받는 일이 되어주는 것이라면, 우리가 외롭다는 게 아주 심하게 나쁜 것만은 아니겠지요.

일상 내내 슬픔을 먼저, 타인의 고통을 먼저 생각하자는 것은 아닙니다. 다만 우리, 서로의 안부를 묻는 일, 타인의 고통을 목도하는 일을 할 수 있도록, 힘을 길러야 할 것 같습니다. 내내 분명하진 않지만 무언가 쇠약해진 느낌이었고, 이것을 회복하고 싶다는 마음이 간절하던 차였어요. 우리의 외로움이 우리 회복의 증거가 되기를, 우리 모두 잘 외롭기를 바랍니다.

12

월

21

일

시

소리 내어 읽어주세요.

요정과 팥죽 먹기

귀신 영화를 보거나
장례식에 다녀오면
팥떡이나 양갱을 먹는 친구가 있다

팥 든 것을 먹고 사람이 많은 곳만 골라 휘휘 돌아다니다
오는 친구

그러나 뭘 붙여 온 걸까

오늘은 동지
함께 팥죽을 먹기로 했는데

친구는 수저를 떨어뜨리고

젓가락을 떨어뜨리고
지갑을 잊고 나왔다고 하고
통화를 하러 들락날락거린다

친구야
무슨 일이야

물어보기도 전에
친구가 다시 일어선다
팥죽이 식는데 제대로 된 팥죽 앞에 앉아 우리는
친구를 기다린다

친구가 데려온 것을
함께 돌보아야 할 것 같다

함께 팥죽을 먹는다
식었으니까 푹푹 떠 먹는다

12

월

22

일

에세이

한술 뜨려면

흙수저, 금수저라는 비유가 있다. 태어나 자라는 집의 재산 수준에 따라, 타고나는 삶의 환경을 뜻하는 신조어이다. 이를테면 부잣집에서 태어났으면 금수저, 가난한 집에서 태어났으면 흙수저다. 처음에 들었을 때는 제법 재치 있고 정확한 비유라고 생각했다. 하지만 시간이 지나면 지날수록 사람이 선택할 수 없는 환경을 평가하는 양 사용하는 저 비유를 입에 올리기 싫어졌고, 부지런히 우리들 입으로 음식을 날라다주는 수저는 또 무슨 죄냐 싶었다. 수저는 그저 수저다! 외치고 싶어졌달까. 생각만 굴리던 와중, 마침 서점 위트앤시니컬에서 남머루 목수님이 여신 수저 만들기 워크숍을 발견했다. 흙수저도 금수저도 놋수저도 사기수저도 아닌, 나무수저 만들기 워크숍.

두 시간 동안 한 벌의 수저를 다듬는 클래스였다. 만들기 클래스라고 하고 싶지만 목수님이 거의 다 만들어 오신 것을 두 시간 내내 다듬었다고 하는 게 양심상 맞는 것 같다. 수저의 소재는 벚나무였다. 젓가락은 어찌저찌 깎을 만했는데 숟가락 깎는 것이 보통 어려운 게 아니었다. 젓가락은 두 개의 긴 막대 모양만 얼추 만들어놓으면 사용할 수 있다. 심지어 두 짝의 길이가 달라도 된다. 요약하자면 젓가락의 경우 꼭 지켜야 할 원칙이 두 짝만 있으면 된다는 사실뿐인데, 숟가락의 경우는 달랐다. 술 부분이 적당히 오목하게 파이지 않으면 숟가락일 수 없었다. 숟가락의 정체성을 위협하지 않으려면 반드시 오목함을 만들어내야 했다. 오목하지 않으면 음식을 뜰 수가 없으니까! 국물이든 밥이든 찔끔 먹지 않으려면 적당한 깊이가 필요했다. 목수님께서 대부분을 만들어 오셔서 술을 뜨는 그 부분만 오목하게 파내면 되겠지 했는데……

나무는 결이 있는 존재여서 결을 거스르면서 모양을 잡을 수가 없었다. 결을 따라 숟가락의 오목한 부분을 후크 나이프로 살살 파내야 했다. 그러나 결을 거스르던 나는 우격

다짐으로 파내다가 결국 손을 벴고, 피를 봤다.

손목과 칼의 방향을 일치시키고, 나무와 그 칼날의 파내는 방향을 일치시키면 쉽다는데, 이게 쉽지가 않았다. 대상과 내 힘의 흐름을 일치시키는 것은 태극권 아니었나. 수저를 만들기 전에 태극권부터 배워야 했던 걸까. 나는 내 힘의 방향도 모르고 손목의 갈 길도 모르고 칼이 나갈 길도 모르는 힘세고 거친 초보였다. 거스르려고 거스른 것도 아니었다. 길을 모르는데 길 아닌 곳을 알겠는가……

하지만 피를 보지 않고서는 다음 단계로 나아갈 수 없는 게 시쓰기와 비슷해서 신기했다. 주체할 수 없는 힘으로 한 번은 상처를 내거나 상처를 입거나 여하간 법석을 피우게 된다는 측면이 특히. 초보자가 칼을 들었으면 한 번은 피를 봐야 하는 것이다. 흐름이 명백히 보이는데도 한번 거슬러 보리라는 오기가 드는 것 역시.

만든 수저는 친구 희망에게 선물했다. 시인의 피 어린 수저로, 희망이여 밥 한술 뜨소서, 하면서.

12 월 23 일

에세이

바보 바보

로또는 최고 당첨 금액의 제한이 없는 복권이다. 복권을 사는 행위는 엄밀히 말해 노동이 아니다. 그래서일까. 예상치 못했던 큰 횡재를 했을 때, 들인 노력에 비해 과분할 정도의 성과를 얻었을 때, 요즘 사람들은 '로또 맞았다'라는 표현을 사용한다. 그렇다면 본인들이 들인 노동이 바로 환산 가능한 이익으로 연결되지 않는 작가들은 로또를 살까 안 살까. 내가 아는 작가들 중 반은 로또를 사고, 반은 로또를 사지 않는다.

로또를 사는 작가들은 언제 로또를 살까. 일단 충동적으로, 간헐적으로 로또를 사는 부류가 있다. 그들은 술을 마시고, 술김에 눈에 보이는 로또 판매 가게에 들어가 당장 가진 현금을 털어 로또를 산다. 산 로또를 혼자 간직하느냐 하면 그렇지 않다. 함께 술을 마시던 일행과 나눈다. 로또에 당첨되면 로또를 사준 자신에게 꼭 몇 퍼센트의 지분이라도 나눠달라는 구두 약속도 나눈다. 로또를 나눔받는 이들은 연락 두절이 되면 자신이 당첨된 줄 알라고 큰소리를 치지만, 보통은 몇 주 지나지 않아 킬킬거리며 연락을 나누고 술을 마신다. 서로 로또가 되기만 하면 당장 연락을 끊을 거라는 말을 주거니 받거니 하면서.

또다른 부류는 정기적으로 로또를 산다. 그들은 매주 발표 요일이 오기 전에 로또를 사고, 일주일 내내 지갑에 그것을 소중히 담고 다닌다. 그리고 다들 예상했다시피 추첨일인 토요일 저녁 여덟시가 지나고 나면, 그들은 사정없이 로또를 구겨서 버리고 같은 행동을 매주 반복한다.

로또를 규칙적으로 사는 작가 중 한 이는, 가끔 마음이 내키면 자신이 로또 당첨 후에 할 일들에 대한 계획을 늘어놓는다. 그런데 그가 알려준 계획들이 결국 품은 소망은 무척 소박하다. 내가 돈이 있다면 들어주고 싶을 정도다. 그의 소망이란 다만 계속 쓸 수 있는 것, 오직 그 하나와 연하기 때문이다.

그가 로또를 사는 것을 낙관적인 행위라 해야 할지 비관적인 행위라 해야 할지 아리송하다. 현실에서 자신이 소망하는 바를 이룰 만큼의 돈을 벌 수 없으리라는 전망을 하고 있다는 점에서는 비관적일 것이고, 그 현실을 바꿔줄, 행운으로서 로또 당첨을 믿는다는 점에서는 낙관적일 것인데.

로또를 사지 않는 작가들은 대개 로또를 살 돈으로 커피를 사 마시거나 김밥 등 간단한 음식을 사 먹는다. 아니면 로또를 살 돈을 모아 적게나마 정기적으로 기부를 한다. 아니면 길을 걷다 마주한 "2등 당첨자 명당 자리, 이번엔 반드시 1등 당첨" 등등의 유혹적인 플래카드를 보고 '아 나도 사볼까' 하다가 그냥 길을 지나치는 작가도 있다. 현금이 없어서 안 사기도 한다. 핸드폰으로 복권을 구매할 수 있는 세상이지만, 뭘 또 그렇게까지……라며 지나간다. 뭐, 딱히 특별한 이유가 있어서 로또를 구매하지 않는 것은 아닌 듯하다.

그런데 얼마 전에 자신이 원하는 데 복을 쓰고 싶어서 로또를 사지 않는다는 작가를 만나고 말았다. 그는 묻지도 않았는데 자신이 로또를 사지 않는 이유를 알려주었다. 그는 글을 쓰는 데 자신에게 주어진 모든 복을 쓰고 싶다고 말했다. 글을 써서 먹고 사는 생활을 유지하기 위해, 어떤 식의 횡재도 누리지 않으려고 노력한다고 했다. 아무리 좋은 꿈을 꾸어도, 아무리 길한 징조가 그를 부채질해도 로또를 사지 않는 것은 그 노력의 일환이었다.

'일확천금에 대한 욕망을 이겨내는 것이 당신이 꾸준히 창작을 할 수 있는 비결인가요'라고 물었다. 그는 웃었다. 동시에 진지하게, 로또를 산다고 해서 당첨이 될 거란 보장이 있는 것은 아니지만, 여하간 로또를 사지 않음으로서 혹시 당첨될지도 모르는 운을 원천 봉쇄한다고 했다. 횡재의 기회마저 차단하며 살아가고 있기에 여전히 글을 써나갈 수 있는 거라나.

로또를 사지 않음으로서 로또 당첨에 준하는 행운을 글을 쓰는 데 사용할 수 있다니. 다소 비합리적이지만 의심 없이 그 말을 믿고 싶었다. 누가 그의 미신적 믿음을 비웃을 수 있을까? 이 바보 같은 사람! 복권 당첨금을 받아 글쓰는 데 쓰면 되잖아요!라는 말을 어떻게 할 수 있느냔 말이다.

좋은 글을 쓰겠다는, 멋진 책을 출간하겠다는, 최고의 시를 쓰겠다는 바보들. 주어진 복을 전부 쓰기에 쏟아버릴 수 있다는 바보들.

'바보' 말고는 뭐라고 그들을 칭하기가 어려울 것 같다. 하필 바보들이 내 주변에 많다. 나도 바보가 될까봐 겁이 나면서도, 바보가 되면 내가 어떤 글을 쓰게 되려나 궁금하기도 하다. 되고 싶다고 될 수 있는 건가.

—글에 등장하는 작가는 나다. 아무도 왜 나한테 로또를 안 사냐고 안 물어봐서, 나 혼자 묻고 답해보았다. 사실을 밝히니까 더 바보 같다.

12 월 24 일

에세이

진심으로 기도해 간절히 소망해*

나는 작은 섬과 작은 섬에서 유년을 보냈다. 이웃이라고 해도 아이 걸음으로 걸어 만나기에는 참 멀리멀리 있는 경우가 많으니까 이웃 어린이를 만나기에 가장 좋은 곳은 교회였다. 그리고 그 어떤 곳에서 온 어린이라도 일단은 환영받는 곳도 교회였다. 이사를 자주 다녔던 나는 아주 어린 인간이었을 때부터 교회에 띄엄띄엄 다녔다. 그리하여 아주 어린 인간이었을 때, 사랑이란 말도 환멸이라는 말도 잘 모를 때, 신에 대한 사랑을 배우기 이전에, 신의 인간에 대한 사랑을 배우기 이전에, 인간끼리의 사랑과 환멸을 시골 작은 교회들에서 배웠다.

* 노래 〈이 시간 너의 맘 속에〉(김수지 작사작곡). 이 노래를 처음 알게 된 건 만화 『요나단의 목소리』(정해나, 놀, 2022) 때문이었다.

"하나님은 너를 사랑해 얼마나 너를 사랑하시는지."

종교란 뭘까. 크리스마스 분위기로 흥성하기 그지없는 12월에는 더더욱 깊이, 오래, 자주 뒤집고 흔들어보는 질문이다. 그러나 이 질문은 틀렸다. 비겁한 질문이기 때문이다. 종교란 나에게 뭘까. 이것이 맞는 질문이다. 사실 나 스스로는 종교적 인간이란 생각을 한다. 성문화된 종교 교리에 나를 맡긴 적은 없으나, 뭐든 항상 의탁하고 싶어하는 인간이기 때문이다. 뭔가 내 등을 떠밀어주기를, 내 마음을 굳혀주기를 바라는 나약함이 늘 준비되어 있다. 다만 완전히 못 믿을 뿐.

그러나 저 노래는 듣자마자 좋아하고 말았다.

"이 시간 너의 맘속에 하나님 사랑이 가득하기를."

하나님의 사랑은 정말로 크다고 했으니까, 이 시간만이라도 노래를 듣는 이가 차별 없는 충만한 사랑 속에 있기를 바라는 마음이 느껴져서 좋아했다. 사실 내가 너무나도 사랑하는 개별 존재의 특별함, 소중함, 대단함을 말한다는 게, 존재들 간의 우열을 가리기 위함이 아님을 안다. 하지만 누군가에게 어떤 한 사람이 특별하고 소중하고 대단할 거란 사실마저 부정하는 것은 아니다. 오로지 바람만 가득한 소망의 노래이기에, 그 덧없는 마음에 흔들리기에, 저 노래를 들으면 눈물이 난다. 내 마음에 아무 사랑도 없을 때라도. 심지어 상대방이 세상에 대한 아무런 사랑 없는 사람이라 할지라도, 내 마음이 그 사람이 할 사랑까지 다 해주고 싶을 때가 있기에.

12

월

25

일

시

소리 내어 읽어주세요.

크리스마스 요정

크리스마스 요정은 얼마나 분주할까
무너진 들보 아래 묻힌 신발을 찾아내느라
아이가 가장 좋아하던 신발을 찾느라

부모 없는 아이들의 꿈에
아무것도 나오지 않게
무엇이 나오더라도
갑자기 깨어
울더라도
곧 다시 잠들게 하느라

고단하게 하여
긴 잠 자게 하여

요정을 잊도록 하여

자라게

하여

아이 잃은 부모들 꿈에

아무것도 나오지 않게

아이가 나오더라도

깨지 못한 채

울더라도

햇빛 고루 들게 하느라

아이의 표정 희미해

눈물 없이 울 때

함께 기억해주느라

12

월

26

일

에세이

성탄절 하루 지나 선문답

한동안 황유원 시인의 시집과 오규원 시인의 시집을 읽다 흥미가 생겨서 『조주록趙州錄』을 들춰보곤 했다. 조주록은 당대의 선승 조주의 어록이다. 모두 세 권으로 구성된다. 『조주진제선사어록趙州眞際禪師語錄』이라고도 한다. 대강 읽어볼까.

한 스님이 물었다.
"제대로 수행하는 사람도 귀신에게 들킵니까?"
"들킨다."
"허물이 어디에 있습니까?"
"구하고 찾는 데 있다."
"그렇다면 수행을 하지 않겠습니다."
"수행하여라."

—「상당」편

암만 애를 써도 허물은 발생하니, 애초에 수행을 하지 않겠다는 제자가 앞에 있다. 당신이 조주라면 어떻게 하겠는가? 사실 내가 던지는 이 질문 또한 멍청한 질문이다. 조주선사가 이미 말했다. "수행하여라."

한 스님이 물었다.
"무엇이 진실한 사람의 몸입니까?"
"봄, 여름, 가을, 겨울이다."
"그리 말씀하시면 저는 알기 어렵습니다."
"너는 나에게 진실한 사람의 몸을 묻지 않았느냐?"

—「상당」편

대개 한 스님(수행하는 이들)이 조주선사에게 뻔한 질문을 던지고, 조주 스님이 뻔하지 않은 답을 하는 구성이다. 이 수행자들의 질문은 비슷비슷하다. 더 비슷비슷한 것은 이 스님들이 추상적이고 식상한 것을 물으면서(자신이 무엇을 묻는지 모르면서) 조주선사가 내놓는 답은 그 무엇도 납

득하지 않는다는 점이다. 원하는 답 혹은 자신이 아는 답이 이미 있으면서 왜 묻는가. 애초에 수행하는 사람이 답을 정해놓으면 되겠는가.

해서 조주선사의 답변들은 스님들에게 자신들의 질문을 제발 다시 되돌아보라고, 스스로 좀 생각을 해보라고 하는 것처럼 느껴진다. 스스로 깊이 오래 궁구하지 않고, 어째서 스승으로부터 쉽게 얻으려 하느냐 꾸짖는 느낌이랄까. 가끔은 그냥 조주선사의 관심이나 인정에 대한 요구를 적나라하게 보여주는 질문들도 있어, 읽는 내가 낯이 뜨거워지기도 한다.

어찌됐든 조주선사는 학인들의 질문에 구구절절 답하지 않는다. 불퉁하고 괴팍한 노인네, 못된 노인네라는 생각이 들 정도로 독한 대답을 할 때도 있다. 하지만 이는 조주선사 스스로 자신의 부족을 잘 알고 있는 사람이어서가 아닐까. 자신도 모르는 것을 어찌 다른 사람에게 선뜻 알려줄 수 있단 말인가. 사기꾼이나 그럴 수 있을 것이다. 결국, 모르는 것에 대해서 답을 하자면 자신이 모르는 것에 궁구했던 방식을 알려줄 수 있을 따름이다. 그러니 괴팍하기는 해도, 답을 하긴 해주는 조주선사가 아주 냉정한 사람은 못 된다 할 수 있으리라. (오래간만에 웃으면서 책을 읽었다. 그러라고 쓴 책 같지는 않았지만.)

꼭 여기까지 읽고 난 분들 중 일부는, 그래서 내가 조주에게 영향을 받아서 시를 썼는지 궁금해하거나 불교를 좋아하는지 궁금해하거나, 뭐 그럴 수도 있으리라. 궁금해할 수는 있다고 생각한다. 게다가 성탄절 하루 지나 이런 글을? 일단 답은 전부 아니요. 아니요다.

(이 또한…… 조주의 영향이려나? 엄밀히 말하면, 저런 대답이 불친절한 답이 아님을, 저것이 정확한 답임을 근거로 삼고 싶어서 『조주록』을 찾았다고 말해야 맞다. 그런데 만약 『복희록』이 후세에 나온다면…… 아니 그런 무서운 일이 일어난다면…… 아무튼 그 어떤 사람도 우상시 여기면 안 될 일이다.)

12

월

27

일

에세이

쥐인님 만들기

팟캐스트 시시알콜을 통해 알게 된 친구 혜경이 갑작스레 톡으로 웬 주먹밥 같은 것의 사진을 보내왔다. 그리고 같이 하면 어떻겠냐는 톡이 연달아 왔다. 주먹밥을 뭘 같이 한다는 것인지 하면서 다시 봤더니, 그것은 주먹만한 쥐, 햄스터 인형이었다. 바느질을 잘 못하기 때문에 망설였지만 원데이 클래스의 매력과 즐거움은 수강생이 아무리 못해도, 선생님이 어떻게든 되게 해준다는 사실에 있다. 그래서 냉큼 수락했다.

어둑어둑한 산장 컨셉의 타로 카페에서 수업이 진행되었다. 스탠드 아래 손이 잘 보이게 해둔 상태에서 바느질을 하고 있노라니 삯바느질이란 얼마나 힘들고 고급한 기술인지 실로 감이 왔다. 긴긴밤 어찌 추위에 곱은 손으로 바느질을 하여 온 가족을 먹이고 살아갔단 말이냐 차라리 나무를 하러 겨울 산에 올라가고 싶었던 사람은 없었으려나 별생각이 다 들었다.

이런 식으로

순간 딴 생각을 하거나 바늘이 가야 할 곳을 놓치면 엉뚱한 곳을 기워놓기 일수라 집중력도 필요했고, 집중을 해도 깔끔하게 바느질을 마치지 않으면 인형 속이 줄줄 새는 불상사가 생기므로 만만하게 볼 일이 아니었다.

햄스터 인형의 개성을 살리면서 햄스터란 정체성을 지키기 위해서 필요한 것은 무엇일까. 눈코입 간격 조정하기? 꼬리 길이 정하기? 내 생각엔 적당히 빵빵하게 속을 채우는 일이었다. 너무 빵빵하면 햄스터보다는 공처럼 보였고, 너무 헐렁하면 귀엽지가 않았다. 마침내 완성된 혜경의 햄스터 이름은 우여곡쥐, 내 햄스터 이름은 쥐인님으로 정했다. 머리 위에 넣은 다음 털모자를 쓰고 다니면 무척 기분이 좋을 것 같은 그런 햄스터였다.

그리고 겨울의 실내에 들어가, 털모자를 벗는 순간 자랑을…… 하는 것은 어떨까. 짜릿할 것 같다.

또 만들 수 있을까 하면 그렇지는 않을 것 같다. 힘들어서는 아니고(아니 진짜로) 같은 시간과 같은 장소가 반복되지 않듯이, 모든 시가 단 한 번 쓰일 수 있는 것과 같은 것이다. 그래서 모든 시도, 내 쥐인님도 좀 모자라 보이지만 특별한 것이다.

—쥐인님의 용태가 궁금하신 분은 유튜브에서 '복희도감'을 검색하시면, 쥐인님 만들기 동영상이 올라와 있답니다.

12

월

28

일

에세이

"당신은 어떤 사람인가요?"라고 누군가에게 질문을 받으면 영 수월한 대답을 내놓기 어렵습니다. 그럴 때 누군가는 당신이 자주 먹는 것을 말해달라고 하거나 당신이 가장 사랑하는 것을 말해달라고 하거나 당신이 볼 때마다 넋 놓고 보는 것, 당신이 들을 때마다 멈춰 서게 되는 것, 당신이 견딜 수 없는 것, 당신이 그나마 참을 만한 것 등등, 당신을 이해하고 싶다는 이유로 백문백답을 요구할지도 모르겠습니다.

그런데 당신은 솔직히 대답할 수 있겠습니까? 당신이 원하는 사람이 되고 싶은 욕심에 대답을 조금 꾸며낼 수도 있잖아요. 어쩌면 질문을 하는 상대방에 대한 당신의 정보 값, 호감도 혹은 상황에 따라 대답이 미묘하게 달라질지도 몰라요. 예를 들어 "달걀을 좋아해요" "오믈렛을 좋아해요" "반숙 달걀은 싫어해요" "웬만하면 동물 복지 달걀을 사려고 해요" 등등으로 다양하게요.

하지만 좋아하는 색깔, 싫어하는 색깔, 혈액형, 출신지, 생일, 심리 테스트 결과 등등 무엇을 말해도 당신은 당신에 대해 제대로 말하고 있지 못하다는, 뭔가 석연치 않은 느낌이 들 거예요. 당신이 누군가에게 같은 질문을 할 때도 마찬가지고요. 그럴 때 추리소설을 너무 많이 읽은 저는 "당신이 최근에 구입한 것을 말해주세요"라는 요청을 받는 상상을 합니다. 이를테면 공교롭게도 근방에 불이 났는데 제게 최근 라이터를 샀다거나 성냥을 샀다거나 난로용 기름을 샀던 소비 내역이 있을지도 모르잖아요.

각설하고, 제가 샀던 물건 중 가장 좋아하고 아끼고 자주 쓰는 물건을 떠올려보았습니다. 최근 물건은 아니더라고요. 최근에도 사용하는 물건이지만요. 남들 보기에는 낡은 티가 제법 나서 이미 그 수명을 다한 것처럼 보이는데도 제게는 편안한 옷처럼 감기는 대단한 물건. 이제는 물건이라기보다 제 영혼을 조금 덜어서, 아니 제 체온을 조금 옮겨놓아서, 아니 제 지문을 조금, 아니 많이 묻혀놓은 그것 말이지요.

'당신은 어떤 사람인가요?'라는 질문을 받았을 때 꺼내서 보여줄 수도 있는 물건입니다. 아, 물론 절대로 만지지 말라고 경고할 거예요. 그리고 제가 스스로를 감추거나 없애고 싶다면 가장 먼저 망가뜨릴 물건이기도 하고요. 이쯤 되면 혼자서 움직이지 못할 뿐 저 자신이라고 봐도 무방하지 않나 싶기도 합니다.

이 물건은 제 노트북입니다. 새것은 아닙니다. 2015년에 출시된 맥북 프로 13인치인데 음악을 하는 친구 동윤이 몇 년간 쓰던 것을 2019년 즈음 중고로 구매한 것입니다. 당시 저는 맥북이 무척 갖고 싶었는데, 내가 좋아하는 작가들이 맥북을 쓰니까 나도 쓰고 싶다는, 다소 비합리적이고 멋지지는 않은 이유 때문이었습니다. 하지만 새 맥북은 당시의 제게는 조금 비쌌습니다. 아니 많이 비쌌고, 만약 맥북이 있으면 좋겠지만 없어도 크게 불편하지는 않은 상태라고 생각하며 스스로를 달래고 있었지요. 아이폰과 아이패드가 있으니까 맥북까지 사는 건 조금 과분해, 하면서요.

그런데 동윤이 지나가는 말로 음악 작업을 위해 새 맥북을 구매하고 싶다지 뭡니까. 헌 맥북을 팔아 충당한 돈으로 새것을 살까 고민중이라고요. 그래서 기왕 팔 거라면 나에게 달라고 했습니다. 저는 당시 이 모델의 중고 시세 가격을 찾아보진 않았지만 친구가 시세보다 더 저렴하게 제게 맥북을 넘긴 게 분명했습니다. 맥북을 넘겨받기 전 저는 친구가 뚜껑에 붙여둔 스티커들을 떼지 말라고 부탁했습니다. 저렴하게 넘겨주는 것도 고마운데, 갖고 싶었던 맥북을 드디어 써보게 된 것도 고마운데 스티커쯤이야 제가 알아서 하겠다고요. 사실은 친구가 붙여둔 스티커가 멋져 보여서 그냥 두고 싶었던 마음이었지만요.

바야흐로 거의 6년이 흘렀네요. 친구가 붙여두었던 스티커들은 하나씩 떨어져나갔고 지금은 딱 하나 남아 있습니다. 제가 붙인 스티커들 사이에 조그맣게 존재감을 확보하고 있어요. 이 맥북으로 시집 두 권과 에세이 두 권을 출간

했습니다. 이 화면을 바라보며 셀 수 없이 많은 글을 썼다 지웠습니다. 코로나 기간부터는 이 화면을 이용해 줌 회의를 하고 강의도 했습니다.

더러 밖으로 들고 나와 글을 쓸 때면 친구들이 불쑥 한마디씩 하는 제 맥북. 딱 봐도 연식이 좀 되어 보이는 중후한 매력 덕분에 얼마나 된 것이냐들 묻고, 대답을 들으면 이제 새것을 좀 사는 게 어떻겠냐고 합니다. 하지만요, 영혼이라는 게 막 휙휙 바꿀 수 있는 건 아니잖아요.

물론 이래놓고 또 새 맥북을 산다면 영혼은 자연스럽게 이동해 갈 거라고 믿으며 사용할 거예요. 그래도요, 아직 멀었다고 생각합니다. 이미 친구에게 치른 값 이상으로 이 맥북은 제게 좋은 친구가 되어주었습니다. 누구에게도 보여주고 싶지 않은 것들을 이 영혼은 다 봤어요. 누구에게든 보여주고 싶어 꺼냈던 나도 이 영혼이 다 봤고요. 말없이요.

12

월

29

일

시

소리 내어 읽어주세요.

요정의 마당

한 뼘을 두고 마당이라고 하려면
한 뼘보다 작은 창문 있는 집
한 뼘을 두를 만치 울타리
손톱만한 사람
손톱보다 작은 빗자루가
필요하다

요정의 보폭
요정이 걸어올 길
요정의 없는 마당이 근심이다

요정의 발자국 생길 리 없대도
마당은 있어야지

우리에게 올려다볼 하늘이 필요하듯이

틈틈이 남의 집 앞 한 보 걸어보며
둘러보는 것
마당 쓰는 사람이
마당 쓰는 소리를
묘사하는 것

삭삭
슥슥
말고

눈 위로 내리는
빗소리 같다고 하는 것
잠결 창턱에 걸리는 빗소리 같다고 하는 것

자러 가던 요정이 유리창을
스치듯
순식간에

나는 그것을

요정의 살짝 휜 척추

라고

후 길게

불어

거기 없음 확인할 것이다

요정의 마당

눈부터 내려 쌓일 수 있다고

적어둔다

12

월

30

일

에세이

눈이 오고 있으면 좋겠다. 눈이 이미 내렸어도 좋겠고. 눈이 올 것 같아도 좋겠다. 12월 30일은 시인 윤동주의 생일이다. 윤동주에게는 흰 눈 내리는 생일이 어쩐지 잘 어울린다. 윤동주의 시 중에 「편지」(1936. 12)라는 작품이 있다.

누나!
이 겨울에도
눈이 가득히 왔습니다.

흰 봉투에
눈을 한 줌 넣고
글씨도 쓰지 말고
우표도 붙이지 말고

말쑥하게 그대로
편지를 부칠까요?

누나 가신 나라엔
눈이 아니 온다기에.

"누나 가신 나라"가 도대체 어떤 나라이기에 글씨도 우표도 없이 눈을 보내겠다는 것일까. 시 안에서 추측해보자. 겨울이면 늘 그렇듯 "이 겨울에도" 눈이 왔다. 누나와 함께 맞던 예년의 겨울과 마찬가지로. 그런데 누나는 다른 곳에 있다. 어딘고 하니 우표도 글씨도 소용없는 나라다. 남반구인가? 그러나 내가 알기로 눈이 내리지 않고 우표도 글씨도 소용없는데 눈을 보낼 수 있는 나라는 산 사람이 가지 못하는 나라뿐이다. 너무 먼 곳인 것처럼 느껴지지만 지척처럼도 느껴지는 곳. "누나!" 하고 부르면 대답이 꼭 들려올 것만도 같은.

눈이 펑펑 내린 날 아침이면 꼭 이 시가 떠오른다. 아무도 밟지 않은 흰 마당을 보면 더더욱. 그런 눈 중 가장 깨끗한 부분을 한줌 떠서 윤동주에게 보내주고 싶다. 당신이 남긴 시가 나를 참 정하게 씻겨주노라고 표현할 방도는, 그밖에 없는 것 같기에. 당신이 쓴 겨울과 그리움이 나를 부끄럽게 하노라고 감사할 방도 역시 그밖에 없는 것 같기에.

송년의 送은 보낼 송 자, 망년의 忘은 잊을 망 자. '묵은 한 해를 보냄'과 '그해의 온갖 괴로움을 잊음'으로 뜻이 비슷한 듯 살짝 다르다. 떠들썩하게 사람들과 어울리거나 어울리지 않거나 평소보다 더 들뜨거나 더 서럽거나 한 상태로 길거리를 걸어 실내를 향해 갈 때, 눈이 내리고 있다면 좋겠다. 속도를 내지 못해서 마음이 답답할지도 모른다. 그런데 갑자기 다치지 않는 것과 갑자기 죽지 않는 일 말고 뭐가 더 중요한가 싶다. 우리가 주변 사람에게 하면 안 되는 일 중 하나가 갑자기 사라지는 것 아닌가?

잊을 수 없는 이름과 잊을 수 없지만 만날 수 없는 인연, 보고 싶은 마음과 영영 안 보고 싶은 마음을 더해, 한 해가 정말로 가고 있다. 차갑고 맑은 것들 만져보며 그리움 다 잊지 못한대도 좋으니, 흰 눈 한줌 나 아직 못 간 곳에 보내는 마음으로 송년과 망년 사이를 지나고 싶다.

12

월

31

일

일기

수정방

다사다난했던 한 해의 마지막날이다. 제법 다사다난했다. 하지만 행복했다. 왜? 행복했다고 쓰면 정말로 행복했던 것처럼 느껴지니까! 수정방은 못 마셨지만.

수정방은 내가 좋아하는 술이다. 하지만 내 돈을 주고 마셔본 적은 한 번도 없는 술이다. 사실 12월 마지막 주중이면 하는 다짐 겸 계획 겸 소망이 하나 있다. 내년에 성공하면 꼭 수정방을 사서 좋아하는 사람들과 나눠 마시리라!라는 다짐. 등단 후 책을 내고부터 매년 꾸준히 했던 다짐이다. 막연하게 '성공'을 꿈꾼 것은 아니다. '일만 부를 판매하면'이 내 성공의 기준이다. 그리고 지켜진 적 없다.

꼭 이렇게 말하면 사주겠다고 하는 사람들이 있는데, 그러니까 성공한 셈 치라는데, 어림없는 소리다. 아 물론 사주면 마시기야 마시겠지만…… 수정방 사주는 친구를 가진 삶도 성공한 삶이긴 하지만…… 함께 마시는 게 중요하지 누가 사는 게 중요하냐 그런 마음도 들긴 하지만…… 요는 시집을 팔아서 성공하고 싶다는 거고, 수정방으로 그 성공을 확인하고 축하하고 싶다는 것이다.

수정방이 엄청 비싼 술은 아니다. 물론 싼 술도 아니지만. 아직 일만 부를 팔아본 적 없는 나는 그 술을 위해 지불할 마음의 여유가 모자라다. 수정방을 지체 없이 구입할 수 있는 마음 부풀어오름이 있었으면 좋겠다. 이루지 않은 꿈이 있어서 삶은 여전히 기대할 만한 것이다. 마음은 언제나 부풀 준비 만만이니까. 올해는 행복했으니 내년엔 성공도 하고 행복도 했으면!

오늘부터 일일

초판 1쇄 인쇄 2024년 11월 20일
초판 1쇄 발행 2024년 12월 1일

지은이 김복희
펴낸이 김민정
책임편집 김동휘 **편집** 유성원 권현승
표지디자인 김마리 **본문디자인** 최미영
저작권 박지영 형소진 최은진 오서영
마케팅 정민호 박치우 한민아 이민경 박진희 황승현
브랜딩 함유지 함근아 박민재 김희숙 이송이 김하연 박다솔 조다현 배진성
제작 강신은 김동욱 이순호
제작처 영신사

펴낸곳 (주)난다
출판등록 2016년 8월 25일 제406-2016-000108호
주소 10881 경기도 파주시 회동길 210
전자우편 nandatoogo@gmail.com **페이스북** @nandaisart **인스타그램** @nandaisart
문의전화 031-955-8875(편집) 031-955-2689(마케팅) 031-955-8855(팩스)

ISBN 979-11-94171-25-6 03810